KB007493

빛나

서울 하늘 아래

빛나

서울 하늘 아래

Bitna–sous le ciel de Séoul

Jean-Marie Gustave Le Clézio

J. M. G. 르 클레지오 소설

송기정 옮김

서울셀렉션

언젠가는 서울 하늘 밑에서 다시 만나리.

이 소설이 완성되기까지 조언을 아끼지 않고, 기꺼이 번역을
맡아 준 송기정 교수와 안선재 교수에게 감사를 표합니다.

- J. M. G. 르 클레지오

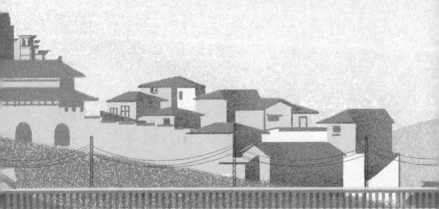

차례

빛나 9

옮긴이의 말 239

장-마리 귀스타브 르 클레지오 연보 250

내 이름은 '빛나'다. 이제 곧 열아홉 살이 된다. 나는 거짓말을 할 수 없다. 눈이 너무 투명해서 아무것도 숨기지 못하기 때문이다. 그래서 거짓말을 하면 금방 들켜버린다. 머리칼 색은 노란 편이다. 어떤 사람들은 내가 과산화수소수로 머리를 염색한 줄 알지만, 태어날 때부터 내 머리칼은 약간 옥수수 색이었다. 전쟁 이후 먹을 것이 부족해 할머니는 영양실조에 걸렸고, 엄마도 영양이 부실하긴 마찬가지였기 때문이다. 나는 전라도 어촌마을에서 고기를 잡아다 시장에 파는 어부네 딸로 태어났다. 우리 부모님은 부자가 아니다. 그런데도 부모님은 내가 더 나은 교육을 받기를 바랐다. 내가 고등학교를 졸업하자 이른바 스카이 대학에 보내려고 은행에 빚까지 졌다. 처음에는 지낼 곳이 문제가 되지 않았다. 아버지의 누나인 고모가 나를 받아주었기 때문이다. 고모네 집은 홍대입구역 근처, 대학 바로 옆에 있는 작은 아파트였다. 그 집에서 나는 고모의 딸, 그러니까 내 사촌 동생인 백화의 방을 함께 쓰기로 했다. 사실 하얀 꽃이라는 뜻의 백화라는 이름은 그 아이와 어울리지 않았다. 이렇게 시시콜콜한 것까지 말하는 이유는 바로 이런 상황이나 사촌과의 관계가 훗날 내가 겪을 파란만장한 삶의 원인이었을 뿐만 아니라, 내 인격을 완성하는 데 교수들의 강의만큼이나 큰 영향을 미쳤기 때문이다. 인간은 악의와 질투, 비열함과 게으름을 감추며 살 수 있음을 나는 그 작은 방에서 깨달았다.

백화는 나보다 몇 살 어렸다. 고모가 나를 이 집에 살게 해준 것은 그 아이를 돌보라는 뜻임을 금방 알아차렸다. 처음에는 아주 사소한 부탁이었다. "빛나야, 너는 착실한 애니까, 네 사촌 동생 숙제 좀 봐 줄래?" 혹은 방을 정리하거나, 집안일을 돕거나, 기도하거나, 속옷을 빨거나 등등이었다. 그런 부탁은 "그러니까 네가 본보기가 되어야 하지 않겠니?" 같이 점점 강압적인 권고로 바뀌었고, 마침내는 완전히 명령조가 되었다. "빛나야! 내가 뭐라고 했니? 네 사촌 동생 좀 찾아와라. 그 아이 점심 준비 좀 해!"

얼마 가지 않아 나는 그런 상황을 견딜 수 없었다. 백화는 고집 센 아이였다. 열네 살인 그 아이의 유일한 관심사는 외모 가꾸기였다. 작은 거울을 들여다보면서 피부의 흠집이나 붉은 반점, 그리고 여드름과 씨름하느라 몇 시간씩 보내곤 했다. 면봉으로 여드름을 짜고, 알코올로 상처를 닦은 후, 잡티를 지우는 컨실러와 파운데이션으로 상처를 감추었다. 그 아이는 정말이지 화장품 의학 분야의 전문가였다.

　매 순간이 전쟁이었다. 이래라저래라 하는 잔소리의 연속, 그러고 나면 변함없이 고함과 눈물, 혹은 분노의 폭발로 끝났다. 백화는 닥치는 대로 아무거나 집어 나한테 던졌다. 가끔은 창문 밖으로 던졌다. 접시건 유리잔이건 상관하지 않았다. 칼을 던지기도 했다. 그럴 때면 그 아래로 지나가던 사람이 맞았을까 봐 차마 창문 밑을 내려다볼 수가 없었다. 그렇게 한바탕 소동이 벌어지고 나면 나는 난장판이 된 방을 청소해야 했다. 고모의 비난도 내 몫이었다. "배은망덕한 년 같으니. 너한테 얼마나 잘했는데, 네가 서울에서 살 수 있게 얼마나 도와줬는데, 여기가 아니었다면 너는 길거리에서 거지처럼 살았을 게다. 이 집이 싫으면 고기잡이하는 전라도로 돌아가지 그러니. 시장에서 생선 비늘 긁고 내장이나 따면서 살란 말이다." 그런 고모의 말에 뭐라고 대꾸할 수 있겠는가?

내가 도시를 여행하기 시작한 것은 바로 그 무렵부터였다. 학교 수업이 그리 많지 않아 여유가 좀 있었다. 시간 날 때마다 거리를 돌아다녔다. 버스나 지하철을 타고 먼 곳까지 가보기도 했다. 처음에는 집 안에서 벌어진 일들을 잊기 위해서였다. 사촌 동생과 함께 쓰는 방은 너무 더럽고, 고모의 끊임없는 잔소리와 비난은 견디기 어려웠다. 찰카닥 소리를 내며 아파트 문을 닫고 나와 길로 이어지는 가파른 계단을 내려오는 바로 그 순간부터, 나는 무거운 짐을 벗어버린 듯 자유를 느꼈다. 숨 쉬는 것도 자유로웠고, 다리에도 힘이 생겼다. 웃음도 나왔다.

거리는 모험의 공간이었다. 내 고향 전라도 작은 마을에서는 아무 일도 일어나지 않았다. 읍내라고 해 보았자 길이 한두 갈래 나 있고, 그 길 주변에 가게들이 그저 늘어서 있을 뿐이었다. 주로 식료품 가게였고 식당도 몇 개 있었다. 오후 다섯 시면 읍내는 조용해졌다. 읍내가 활기를 띠는 시간은 배추와 양파를 가득 실은 트랙터들이 모여드는 이른 아침이었다. 고향에서는 일 년에 세 번, 추석과 설날, 그리고 조상 묘를 돌보는 한식을 명절로 지내며 그 리듬에 따라 살았다. 처음 서울에 올라왔을 때 나는 완전히 새로운 세상에 온 듯한 느낌이었다. 고모네 동네는 자동차와 버스가 사방으로 끊임없이 지나다니는 넓은 대로에 둘러싸여 있었다. 거리에는 어찌나 많은 사람이 오가는지 반대편에서 오는 사람과 부딪히지 않고 걷기 위해서는 요령을 배워야 했다. 내 체격이 작은 만큼(내 키는 156㎝에 몸무게는 43㎏이다.) 상대편을 피해 옆으로 껑충 뛰어 비키던가 차도로 내려서야 했다. 서울에 와서 얼마 되지 않아 고모와 사촌 동생을 따라 시장에 간 적이 있다. 그런데 그 둘이 어찌나 자신 있게 거리를 걷던지 놀라지 않을 수 없었다. 차도로 내려서는 일 따윈 절대로 없었다. 둘이 꼭 붙어서 한 덩어리가 된 후, 옆은 신경 쓰지 않고 앞만 보고 걸었다. 마치 대포로 공격하는 것 같았다. 나는 그들이 지나가고 난 자리에 가만히 서서 오가는 사람들을 하나하나 쳐다보았다. 그런데 여기서는 그러면 안 되는 것이었다. 처음에는 거리의 비둘기나 노인들에게 말을 걸기도 했다. 고모는 그런 나를 나무랐다. "빛나야, 너는 왜 아무한테나 웃고 그러니? 사람들이 너를 바보로 여기면 좋겠니?" 백화는 "촌년이라 그래. 서울을 잘 모르잖아!"라며 나를 비웃었다.

서울 온 첫해에 나는 몰래 사람들을 관찰하는 습관이 생겼다. 하지만 그게 그다지 쉬운 일은 아니다. 우선 관찰하기 좋은 장소를 골라야 한다. 관찰할 사람과 너무 떨어져 있어도, 너무 가까운 곳에 있어도 안 된다. 지하철에서는 유리창에 비친 사람들 모습을 볼 수 있지만, 그 영상은 흐릿하기 일쑤다. 게다가 내가 관찰하고 있다는 사실도 금방 들킨다. 모든 사람이 유리창을 향해 있기에, 그들에게도 창문에 비친 내 모습이 잘 보인다. 그런 면에선 버스가 훨씬 쉽고 편하다. 낮에는 창문으로 거리의 사람들을 마음껏 관찰할 수 있기 때문이다. 버스에서는 굽어볼 수 있으니 버스 곁을 지나는 자동차에 탄 사람들도 관찰할 수 있다. 버스가 정지했을 때나 보도를 따라 천천히 출발할 때면 주위 사람들을 보면서 그들에 관한 온갖 상상을 할 수도 있다. 저들은 어디에서 왔을까? 직업은 무엇일까? 고민은 무엇일까? 애정 문제는 없을까? 경제적인 문제는? 이런 상상 말이다. 혹은 예전엔 어떤 삶을 살았을까? 추억은? 가족은 있을까? 왜 저렇게 슬퍼 보일까? 같은 상상도 한다.

나는 작은 수첩을 만들었다. 거기에 사람들에 대한 짧은 인상과 함께 내가 보고 상상한 것들을 적었다.

오십 대 부인. 약간 낡은 검은 외투를 입고 굽 낮은 신발을 신은 부인은 금박 쇠고리 두 개가 달린 인조가죽 가방을 메고 있다. 곱슬곱슬한 머리칼은 회색이고, 입가 양쪽에 주름이 가득하다. 부인은 강남의 한 아파트에 산다. 이혼했고, 아파트는 아주 작다. 개를 키우고 싶지만 아파트 규칙상 키울 수 없다. 이름은 나미숙. 일생을 은행 창구에서 일했다. 지폐를 세고 이체 업무를 했다. 부인은 은퇴할 나이가 되기 전에 은행을 그만두었다. 자살까지 생각해보았지만 그럴 용기가 없었다. 버스가 움직이기 시작할 때 부인과 시선이 마주쳤다. 놀란 것 같았다. 부인은 눈길을 돌렸다. 잠시 후 버스는 천천히 출발했고 나는 부인 쪽으로 뒤돌아보았다. 부인은 내게 미소 지었다.

보도 가장자리에 홀로 서 있는 젊은 여자. 그곳은 버스 정류장이 아니다. 누군가를 기다리는 듯하다. 남자친구가 자동차로 여자를 데리러 오기로 했다. 이미 많이 늦었다. 초조한 여자의 눈썹 사이로 주름이 생긴다. 진즉에 가버렸어야 했다고 생각한다. 하지만 발이 땅바닥에 딱 붙은 듯 꼼짝할 수가 없다. 악몽을 꿀 때 몸을 마음대로 움직일 수 없는 것처럼… 나는 여자를 고은지 양이라고 부르련다. 그 이름은 여자에게 잘 어울리는 것 같다. 아마 내일도 나는 오늘처럼 6712번 버스를 탈 것이며, 여자 역시 오늘처럼 같은 장소에서 기다릴 것이다. 남자친구는 여자와 헤어지기로 결심했다. 더는 전화하지 않는다. 하지만 여자는 감히 집으로 그 남자를 찾아갈 수 없다. 결혼한 남자이기 때문이다.

어떤 할머니. 분명 남쪽 지방에서 왔다. 밭에서 일하느라 허리가 굽었고 얼굴은 햇볕에 그을려 까맣다. 내게는 익숙한 모습이다. 할머니는 딸과 손녀딸을 병원에 데려가려고 서울로 왔다. 진료 시간에 늦을까 봐 노심초사하면서 버스를 향해 뛰어가지만, 곧 뒤로 물러서고 만다. 할머니 눈은 아주 작다. 얼굴에는 잔주름이 가득하고 콧등에는 점 하나가 있다. 할머니 딸 이름은 윤진이다. 세무공무원과 결혼한 지 삼 년 되었다. 할머니 손녀 이름은 윤경이다. 윤진이 고른 이름이다. 보통은 형제들 사이에만 돌림자를 쓰지만, 윤진은 딸에게 자기 이름과 비슷한 이름을 지어주고 싶었다. 아이에게는 마리아라는 세례명도 있다. 아이 아버지가 가톨릭 신자이기 때문이다.

마치 그 사람들을 다시 만나기라도 할 것처럼, 나는 사람들 이름과 만난 장소를 적는다. 하지만 다시 만나는 일은 절대로 없다는 걸 나는 잘 안다. 서울은 너무 커서 수백만 번 같은 길을 걷는다 해도 같은 사람을 다시 만날 수는 없을 것이다. 아무리 〈언젠가는 서울 하늘 밑에서 다시 만나리〉라고 다짐해도 말이다.

그러던 중, 사람들을 관찰하기에 안성맞춤인 장소를 찾았다. 종로에 있는 대형서점이었다. 수업을 마치면 지하철을 타고 온갖 책들이 진열된 그 지하서점으로 갔다. 모든 책을 마음껏 볼 수 있다는 사실이 놀랍기만 했다. 고향에 있을 때는 책 살 돈이 없어 그저 낡고 더럽고 기름때가 잔뜩 묻은 학교 도서관 책을 볼 수밖에 없었다. 여러 아이가 빌려본 바람에 여기저기 낙서로 가득한 책들이었다. 그런 내게 이 대형서점은 그야말로 신세계였다. 이 세계를 발견한 후, 이 서점은 내 삶의 일부가 되었다. 매일같이 수업이 끝나면 서점으로 갔다. 구석에 자리 잡은 후, 책을 읽고 사람들을 관찰했다. 얼마 지나지 않아 나는 해외 서적 코너를 좋아하게 되었다. 선반 위에서 아무 책이나 집어 들고 읽곤 했다. 찰스 디킨스의 소설들을 읽었는데, 그중에서도 『난로 가의 귀뚜라미』가 재미있었다. 책을 읽기 시작하면 주위 모든 것이 사라지는 듯했다. 화덕 위에 올려놓은 커다란 냄비가 끓는 소리와 귀뚜라미 노랫소리만 들렸다. 보이지는 않았지만 난로에 담긴 재 속에서 혹은 다른 어딘가에서 귀뚜라미가 귀뚤귀뚤 울어대는 것 같았다. 나는 소설 속 큰 거실 벽난로 곁에서, 오직 나를 위해 영어로 그 이야기를 들려주는 찰스 디킨스의 목소리를 듣는 듯한 상상을 했다. 마조 드 라 로체의 소설 『잘나의 탄생』 같은 소설도 읽었고, 마거릿 미첼의 『바람과 함께 사라지다』도 읽었다. 얼마 후에는 에드거 앨런 포의 소설집을 발견했다. 『검은 고양이』, 『타원형의 초상화』 등을 읽었다. 단어들에 매혹되어 시간 가는 줄 몰랐다. 프랑스어로 된 책들도 읽었다. 2년 전부터 감미롭고 운율이 가득한 프랑스어를 배우고 있었기 때문이다. 프랑스어책은 시집 몇 권밖에 없었다. 그중에서 자크 프레베르의 시를 좋아했다.

그런데 가끔 젊은 남자가 옆으로 다가와서 나를 뚫어지게 바라보는 바람에 더는 책을 읽을 수가 없었다. "죄송합니다." 그가 말했다. "5분 안에 서점 문을 닫아야 해서요." 나는 당황해서 얼굴이 빨개졌다. 그리고는 변명을 늘어놓았다. "무슨 책을 살지 결정을 못 하겠네요. 죄송해요." 그는 그런 건 조금도 중요하지 않다는 듯 정중하게 머리를 가로저었다. "아닙니다, 아닙니다. 서둘러 결정할 필요 없습니다. 내일 다시 오셔도 됩니다." 남자의 키는 그리 크지 않았다. 가늘고 긴 검은 눈은 아름다웠고, 코는 뾰족했다. 언제고 내가 좋아하는 사람들 목록에 그를 포함할 수 있을 듯했다. 나는 남자를 뭐라고 부를까 생각했다. 박이라고 부르기로 했다.

사람들을 정말로 잘 관찰하기 시작한 것은 그 서점에서였다. 버스나 지하철, 혹은 거리는 그리 좋은 장소가 아니었다. 사람들이 너무 많이 움직이거나, 빨리 걷거나, 뛰어다니기 때문이다. 반대로 어떤 사람들은 가만히 서 있기도 했는데, 그런 경우에는 내가 관찰 대상이 되었다. 그건 최악이었다. 내가 진짜 원하는 것은 아무도 나를 보지 못하도록 투명인간이 되어 남들을 관찰하는 것이기 때문이다.

그러던 어느 날, 내 인생을 바꿀 계기가 되는 일이 생겼다. 책 한 권을 훑어본 후 제 자리에 꽂아놓으려 할 때, 박이 다가와 말을 걸었다. "저 좀 보실래요? 드릴 말씀이 있어요."

그 남자가 왜 나를 보자고 하는지 알 수 없었지만, 나는 말없이 순순히 그를 따라갔다. 아마도 그 순간, 서점에서 일해보지 않겠냐고 제안할지도 모른다는 상상을 했었나 보다. 그건 나의 꿈이었다. 책을 무척 좋아할 뿐 아니라, 돈이 절실하게 필요했다. 고모는 사소한 일로 내게 끊임없이 잔소리해댔다. "너한테 돈이 너무 많이 드는구나. 학비며, 주거비 해결 방법을 마련해야 하지 않겠니?" 사촌 동생은 고모의 심보를 다 알고 있었다. 고모보다 그 아이가 더 고약했다. 순전히 자기가 어지럽힌 방을 치우는 나를 보며 쾌감을 맛보려 일부러 방을 더 어질러놓았다.

박은 책상 서랍을 열더니, 편지 한 장을 내밀었다. 타이핑한 것이었는데, 대충 이런 내용이었다.

"내 이름은 김세리입니다. 하지만 살로메라는 이름을 더 좋아합니다. 나는 몸이 아파 밖으로 나갈 수가 없습니다. 내게 세상 이야기해주실 분을 기다립니다. 남자라도 좋고 여자라도 좋습니다. 나는 이야기를 무척 좋아합니다. 진지하게 부탁드립니다. 이야기를 해주시는 대가로 사례금은 충분히 드리겠습니다."

편지 아래쪽에 전화번호가 적혀 있었다.

박이 내민 편지를 나는 기계적으로 받아들었다. 그리고는 그 편지를 접어 영어 강의 교재와 노트가 들어 있는 가방에 넣었다. 며칠 동안 그 편지를 잊고 지냈다. 그러다 편지를 다시 본 순간 살로메에게 전화를 걸었다.

살로메에게 들려준 첫 번째 이야기

2016년 4월

봄에 새싹이 돋고, 꽃샘추위로 바람이 불기 시작하면
조한수 씨는 비둘기들이 들어 있는 새장을 건물 옥상으
로 가져간다. 그는 그 건물 수위이니 아무도 뭐라 할 사
람이 없다. 게다가 옥상으로 가는 열쇠는 조 씨만 가지
고 있다. 건물은 1980년대에 지어졌는데, Good Luck!
(이렇게 영어로, 게다가 감탄부호까지 붙어 있다.)이라는 대형
아파트 단지에 속한다. 왜 그런 이름을 붙였는지 모르겠
다. 아마도 그런 건물에서 행운이나 행복을 기대할 수 없
기 때문일 것이다. 똑같은 창문이 수천 개 달려 있고, 작
은 발코니가 수백 개 붙어 있는, 아무런 특징도 없는 건
물이다. 사람들은 햇볕이 잘 들어오는 베란다에다 빨래
를 넌다. 하지만 베란다에도 창문이 있어 창백하게 색이
바랜 햇볕만 들어올 뿐이다. 조 씨가 일하는 건물은 19동
이다. 19라는 글자는 창문이 없는 벽에 검은 글씨로 쓰
여 있다. 그 건물이 19동이란 이야기는 똑같이 생긴 건물
이 열여덟 개나 더 있음을 의미한다. 용산이 내려다보이

는 언덕 꼭대기에 위치한 19동은 단지 내에서 가장 전망이 좋은 곳이다.

20층에 있는 옥상으로 올라가서 조 씨는 주변에 펼쳐진 도시 풍경을 바라본다. 시멘트 덩어리들이 안개 속에서 모습을 드러낸다. 봄볕이 벌써 따스하게 느껴진다. 새장 속 비둘기들은 따뜻한 바람과 주변의 소나무 가지가 뿜어내는 향기에 흥분하여 새장 밖으로 나가고 싶어 안달이다. 비둘기들은 구구 소리를 내면서 새장에서 나오려고 발버둥 친다. 바둑판 모양의 철망에 갇혀 있다는 사실을 망각한 채, 목을 삐죽이 내밀고 밖을 내다보려 한다. "동물 중 가장 머리가 나쁜 동물이 바로 비둘기랍니다."라고 말하는 사람들이 있다. 그 말을 강조하려고, 주둥이의 반도 안 되는 구멍으로 빠져나오려 애를 쓰는 바보 같은 동물이 바로 비둘기라고 하기도 한다. 그들은 또 이렇게 말한다. "저놈들 뇌 크기가 얼마만한지 아세요?" 그런 사람들과 논쟁해서 뭐 하나? 그래도 조 씨는 한두 번은 그들 말에 열심히 반박하기도 했다. "하지만 비둘기들은 날아다니잖아요. 난다는 게 뭔지 알아요? 그건 자동차 운전이나 스도쿠를 푸는 것과는 다른 거예요." 사람들, 그러니까 그의 이웃들과 아파트 주민들, 그리고 아파트 단지의 다른 수위들까지, 비둘기에 대한 조 씨의 유별난 집착을 모르는 사람은 아무도 없다.

　겨울이 되면 모두가 휴식에 들어간다. 비둘기도 조 씨도 무기력해져서 밖으로 나가지 않는다. 조 씨는 Good Luck! 아파트 관리소장과 계약했다. 아파트 수위로 일하되 월급은 받지 않기로 한 것이다. 그 대신, 수위실에서 비둘기를 키워도 되고, 평평하고 넓은 건물 옥상으로 데려가 바람을 쐬게 해도 된다는 허락을 받았다. "하지만 새들이 아파트나 옥상을 더럽히지 않도록 주의하세요. 엘리베이터에 태워도 안 됩니다." 조 씨는 동의했다. 물론 관리소장이 엄청난 호의를 베푼 것이다. 하지만 그것은 조 씨가 경찰 출신이기 때문이다. 아파트에 전직 경찰이 있으면 항상 편한 법이니까. 조 씨는 5년 전부터 19동 수위로 근무했다. 그전에는 휴전선 가까이 있는 강화도의 작은 시골 마을에서 살았다. 조 씨는 그 마을에서 자랐다. 그의 어머니는 전장을 뚫고 남쪽으로 내려와 그 섬에 피난해 있다가 정착해 양파와 고구마를 경작하며 살았다. 처음에는 남의 농장에서 일하다가 그 농장 주인과 재혼했다. 조 씨가 아직 어릴 때 전쟁이 끝났다. 하지만 완전한

평화가 온 것은 아니었다. 군인들은 도처에 깔려 있었고, 거리에선 탱크와 트럭들이 부지런히 이동했다. 멀지 않은 곳에 미군기지도 있었다. 어머니 고향이나 할머니와 할아버지 그리고 아버지에 대해서조차 그는 아는 것이 별로 없었다. 고향 이름이 개성이라는 것밖에는. 어머니는 가끔 조 씨의 외할아버지 이야기를 했다. 피부는 가무잡잡하고 머리숱이 많으며, 키 크고 아주 잘생긴 분이었다고 한다. 그는 판소리 가수였다. 처가에서 물려받은 배나무 과수원을 소유한 농장주이기도 했다. 어머니는 말했다. 부자였지. 권위적이었지만 인자하신 분이었단다. 전쟁이 끝난 후 할아버지는 어떻게 되었을까? 물론 이미 오래전에 돌아가셨을 것이다. 휴전선 너머 이곳에서 할아버지를 기억하는 사람은 이제 아무도 없다. 어머니에게 수없이 많은 이야기를 들어왔던 조 씨만이 기억할 뿐이다. 어머니가 돌아가시면서 추억도 함께 사라져버렸다. 조 씨가 비둘기를 사랑하는 것도 어머니 때문이다. 38선을 넘어올 때 어머니는 할아버지가 키우던 비둘기 한 쌍을 데리고 왔다. 비둘기들이 숨을 쉴 수 있도록 구멍을 뚫은 작은 상자에 담아 아들과 함께 등에 업고 왔던 것이다. 어머니가 비둘기들을 데려온 이유는 언젠가 그 새들이 고향으로 날아가 남아 있는 가족들에게 소식을 전할 수 있기를 바라서였다. 하지만 세월은 흘렀고, 어머니는 고향으로 새들을 날려 보낼 엄두를 내지 못했다. 비둘기들은 휴전선 남쪽에서 살다가 늙어버렸고 결국 죽고 말았다. 하지만 비둘기들은 자손을 많이 남겼다. 그리고 조 씨는 자손들을 키웠다. 언젠가 비둘기들이 임무를 완수할 수 있게 말이다. 조 씨는 그런 계획을 아무에게도 이야기하지 않았다. 삼 세대, 사 세대 비둘기들이 고향에 대한 기억을 간직하고 있다고 믿을 사람이 누가 있겠는가?

아침은 비둘기들이 가장 좋아하는 시간이다. 조 씨는 새장 다섯 개를 하나씩 하나씩 옥상으로 옮겼다. 새장마다 비둘기 두 쌍이 들어 있다. 두꺼운 마분지로 칸막이를 쳐서 두 칸으로 나눴기 때문에 새장 하나에 두 쌍이 들어갈 수 있었다. 비둘기들에게는 모두 이름이 있다. 성도 있고, 각각의 이름도 있다. 비둘기 한 마리 한 마리에 이름을 붙이는 것은 쓸데없는 행동으로 보일 것이다. 이웃에 사는 이 씨 아줌마는 어느 날 조 씨에게 이렇게 말했다. "무엇하러 비둘기들한테 이름까지 붙여주고 그래요? 비둘기들한테 이름은 있어서 뭐해요? 저것들이 자기 이름을 알기나 할 것 같아요? 개라면 몰라도!" 조 씨는 못마땅한 눈으로 아줌마를 쳐다보았다. "아주머니, 쟤들도 자기 이름을 알아요. 아주머니 개보다 훨씬 영리한걸요. 제 생각에는 그렇단 말입니다." 이 씨 아줌마는 지지 않았다. 아줌마는 꼬투리 잡는 것을 좋아한다. 그래서 조 씨가 자기 말에 대꾸한 사실이 신나서 바로 반격했다. "내 평생 들어본 이야기 중 가장 웃기는 이야기로군요. 도대체 어떤 면에서 저 비둘기들이 우리 개보다 낫다는 거죠?" 조 씨도 지지 않았다. "비둘기는 날 줄 알잖아요." 단호한 그의 말투 때문에 아줌마는 할 말을 잃었다. 한참 후 아줌마는 생각했다. "나는 것과 영리한 것은 아무 상관도 없다고 우겼어야 했어. 우리 '개구리'도 날개만 있다면 날 수 있을 거 아냐." 개구리는 이 씨 아줌마의 개 이름이었다. 다리가 짧고 포동포동하여 바닥을 기어 다니는 것처럼 보이는 데다가 개구리처럼 울어 그렇게 불렀다.

아무튼 봄이 오는 그날 아침 조 씨는 새장 다섯 개를 옥상으로 가지고 올라갔다. 엘리베이터는 타지 않았다. 건물 수위로서 비둘기는 엘리베이터에 태우지 않겠다고 Good Luck! 아파트 관리소장과 한 약속을 지켜야 했기 때문이다. 게다가 고약한 입주민이 새 깃털 알레르기가 있다며 항의할 경우, 건물 소유주인 은행 측으로부터 엄중한 지적을 받을 수도 있을 것이다. 그런 일이 생기면 싸움으로 번지기도 한다. 그런데 조 씨는 싸우는 것이 정말 싫다.

조 씨는 숨을 헐떡이면서 옥상으로 올라간다. 새장을 다 옮기려면 다섯 번이나 올라가야 하기 때문에 숨이 찼다. 계산해보니 한 번 다녀오는데 약 400개의 계단을 오르락내리락해야 한다. 그러니까 총 2,000개의 계단을 오르내린 것이다. 조 씨는 이제 젊은 나이가 아니다. 이미 은퇴 나이를 지났다. 30년 동안 경찰에서 복무한 후 직장을 떠났다. 숨이 차고 다리 힘이 빠지는 것을 느끼면서, 그는 자신이 이제 스무 살도 서른 살도 아님을 절감한다. 그래서 옥상에 오른 후에는 잠시 쉰다. 환풍기 통 기둥에 기대고 앉아 도시를 내려다 본다. 아침 안개가 걷히면서 도시는 서서히 모습을 드러낸다. 조금 있으면 남산도, 라디오 중계탑도 또렷하게 모습을 드러낼 것이다. 뱀처럼 구불구불한 넓은 한강이 멀리서 반짝이는 것도 보일 것이고, 더 멀리 강남의 고층빌딩들 모습도, 기다란 띠를 이루는 강변도로도 보일 것이다. 따스한 햇볕이 드는 일요일 봄날 아침이다. 아직 이른 시간이라 도시는 조용하다. 마치 앞으로 닥칠 일을 대비하여 모두 숨을 죽이고 있는 것 같다.

바로 지금이다. 비둘기들은 점점 더 초조하게 이 시간을 기다린다. 새장의 좁은 공간 안에서 뱅글뱅글 돌기도 하고, 날고 싶어 날개를 퍼덕이기도 한다. 날갯짓이 만드는 휙휙 소리로 보아 새들의 초조함은 극에 달한 것 같다. 조 씨는 비둘기들의 그런 심정을 온몸으로 공감한다. 온몸에, 손끝까지 전류가 찌릿찌릿 흐르는 것만 같다. 손등의 털도 곤두서는 느낌이다. 조 씨는 새장 앞에 쭈그리고 앉아 새들에게 말을 건다. 그는 비둘기 이름을 하나하나 천천히 부른다.

암여우, 수컷인 너는 방울이
파랑이, 넌 울보
불꽃, 흰화살
해님, 달님
파리, 매미

여행자, 대통령

곡예사, 회색다람쥐

다이아몬드, 흑룡

가수, 왕

무희, 검

조 씨는 새장에 얼굴을 가까이 대고 비둘기들의 이름을 하나하나 부르는 것이 무척 좋다. 자기 이름을 들은 비둘기들은 날갯짓을 멈추고 머리를 뒤로 젖힌 채 노란 눈으로 그를 바라본다. 조 씨에게 그런 태도는 신뢰와 감사의 표시로 보인다. 약속을 의미하기도 한다. 무엇에 대한 약속이냐고? 무엇을 약속하는지는 조 씨도 딱 꼬집어 이야기할 수 없다. 하지만 조 씨와 비둘기들을 연결해주고 과거의 추억을 일깨우는 그 무엇, 밤마다 꾸는 꿈같은 그 무엇인가에 대한 약속이다.

때가 되었다. 조 씨는 하얀 쇠창살이 처진 새장 문을 연다. 새장은 학생가방처럼 약간 길쭉한 모양이다. 그 안에는 그가 쓴 수많은 편지가 담겨 있다. 거의 투명하리만큼 얇은 최고급 한지에 정성스레 쓴 손편지들이다. 아주 오래전부터 조 씨는 편지를 쓰리라 생각했다. 하지만 아무거나 쓸 수는 없었다. 딸 수미가 "아빠, 연애편지라도 쓰는 거야?" 혹은 "전화번호 남기는 거 잊지 마!"라며 아무리 아빠를 놀려도 그저 장난삼아 쓰고 싶지는 않았다. 물론 수미는 아빠가 연애편지를 쓴다고 생각하지 않는다. 그 아이는 엄마 아빠와 세대가 다르다. 그 건물에 사는 다른 노인들과도 다르다. 그 사람들은 그들의 시간을 산다. 그들은 조 씨의 꿈을 비웃는다. 헛된 망상이라 생각하기 때문이다. 그들은 인터넷으로 메일을 보내고, 핸드폰으로 문자를 보낸다. 편지를 안 쓴 지는 아주 오래되었다. 하지만 수미는 몇 년 전까지만 해도 손편지 쓰는 것을 좋아했다. 시를 쓰기도 했다는 것을 조 씨는 안다. 수미는 아빠가 담배를 말듯 그 편지를 말아 캡슐에 넣은 후 비둘기 다리에 묶어 날려 보내기를 바랐다. 그러다가 그 아이는 그런 일에 관심이 사라졌다. 대도시 중심에 있는 이 아파트로 이사 온 후, 수미는 더는 비둘기도 편지도 믿지 않았다. 그 아이도 다른 사람들과 똑같아졌다.

시간이 되었다. 조 씨는 흑룡이 들어 있는 새장을 열어 조심스레 그놈을 꺼낸 후 손바닥으로 감싸 안는다. 심장이 아주 빠르게 뛴다. 비둘기 가슴의 따뜻한 열기를 느낀다. 다리는 차갑다. 손가락 끝으로 새를 어루만진다. 그리고 얼굴 가까이 가져간다. 조 씨는 새의 머리와 부리 끝에 숨을 불어넣는다. 흑룡은 깜박거리며 눈을 뜬다. 동공이 동그랗게 된다. 드디어 때가 왔음을, 자신이 잘할 수 있는 일, 즉 비상할 때가 되었음을 알아차렸기 때문이다.

부드러우면서도 아직은 매서운 바람이 불어왔다. 조 씨는 일 년 중 이때의 날씨를 잘 안다. 바람이 매섭게 불어 소위 꽃샘추위라 부르는 이때를 그는 제일 좋아한다. 하얀 눈에 대한 기억은 계곡에 있는 야생 자두나무에서 수줍은 듯 피어나는 꽃의 향기와 뒤섞인다. 이곳에는 야생 자두나무가 없다. Good Luck! 아파트 주민들이 한가할 때 심어놓은 화초들이 화분에 담겨 있을 뿐이다. 길가에는 아파트를 따라 목련 몇 그루가 있다. 하지만 꽃은 아직 피지 않았다.

주인의 팔에 안긴 흑룡은 푸드덕하며 몸을 턴다. 조 씨는 비둘기의 솜털 밑 작은 가슴이 팔딱팔딱 뛰는 것을 느낀다. 방울 소리 비슷한 소리가 난다. 조 씨는 비둘기 부리에 대고 가만히 숨을 불어넣는다. 용기를 주는 말 몇 마디를 중얼거린다. 문장이 아니라 그저 단어 몇 개이다. 열심히 고른 단어들, 다정하고 어렵지 않은 경쾌한 말들이다. '바람', '정신', '빛', '날개', '귀환', '풀', '눈' 같은 말들. 흑룡에게는 '희망'이라는 말만 하고 싶었다. 흑룡의 짝인 다이아몬드를 위해 선택한 말은 '바람'이었다. 소망이라는 의미의 '바람'은 대기 중에 부는 '바람'과 발음이 같기 때문이다. 흑룡은 조 씨가 하는 말을 가만히 듣고 있다. 노란 눈 속의 동공이 점점 커진다. 조 씨는 비둘기 목구멍에서 나는 작은 돌멩이가 구르는 듯한 소리를 듣는다. 그 소리는 비둘기의 언어 표현 중 하나에 불과하다. 왜냐하면 비둘기는 날개와 꼬리털을 움직여 공기를 가르고 바람을 헤쳐가면서, 온몸으로 말하고 싶어 하기 때문이다. 옥상 가장자리로 다가간 조 씨는 비둘기를 하늘에 바치듯 서서히 팔을 내민다. 푸드덕! 흑룡이 날았다. 처음에는 땅으로 떨어지는 듯하더니 곧바로 균형을 잡고 하늘로 날아오른다. 그리고는 해가 떠오르는 동쪽을 향해 아파트 단지 위로 비상을 시작한다.

새장 안의 다이아몬드는 애가 탄다. 흑룡의 날개가 퍼덕이는 소리를 들었으니 이제는 자기 차례임을 잘 안다. 애타게 조 씨를 부른다. 조 씨가 손으로 암비둘기를 감싸 안자 그놈은 부리로 조 씨 손바닥을 가볍게 톡톡 쏘면서 말한다. "뭐 해요? 빨리 놔줘요! 내 짝은 벌써 하늘로 날아가 버렸단 말이에요. 짝을 따라가게 빨리 놔주세요!" 이번에는 옥상 가장자리까지 갈 필요도 없다. 조 씨가 손을 펴니 다이아몬드는 하늘로 날아간다. 암컷은 수컷보다 더 가볍다. 하늘을 향해 곧장 날아올라 대로 위에 커다란 원을 그린다. 그리고는 금방 햇빛 속으로 사라져버린다. 조 씨의 시선은 다이아몬드를 따라가지 못한다. 그의 눈은 너무 약하다. 강렬한 햇빛 때문에 눈물이 난다.

그러고 나면 조 씨의 긴 기다림이 시작된다. 몇 시간씩 걸릴 수도 있음을 잘 안다. 때로는 밤까지 기다려야 할 때도 있다. 그는 옥상 위 새장 옆에 앉아 눈을 감는다. 흑룡과 다이아몬드가 도시 위를 날아다니며 보는 것들을 상상한다. 수정으로 만든 절벽 같은 높은 유리 건물들, 끝없이 이어지는 강변도로, 그리고 큰 강. 새장에 갇혀 있는 동안 날개에 축적해둔 에너지 덕분에 비둘기들은 힘껏 날아간다. 아주 빠른 속도로 날개를 퍼덕인다. 비둘기들은 기류를 타고 하늘로 더 높이 오른다. 그러다 강 수면을 스치기도 한다. 강에 이를 때까지는 흑룡이 앞서간다. 그러다 강을 지나고부터는 다이아몬드가 앞장서서 연안을 따라 다리까지 간 후 섬에 이른다. 하늘에는 다른 새들도 많다. 조금 낮은 곳에는 갈매기들이 있다. 섬 근처로 가면 오리 떼들도 볼 수 있다. 비둘기들은 멈추지 않는다. 물 위에서 원을 그린다. 물 표면이 가볍게 흔들리면서 반짝인다. 바람이 불면 무성한 수초들과 골풀들이 흔들거리며 몸을 숙인다. 아침 출근 시간의 교통 혼잡으로 자동차들은 넓은 다리 위에 그냥 가만히 서 있다. 경적을 울려대는 소리, 오리들 울음소리, 천천히 강을 건너는 지하철 소리도 들린다. 기다리는 긴 시간 동안 동무하려고 조 씨는 오랫동안 데리고 있던 비둘기 한 마리를 데려왔다. 그놈은 조 씨 어머니가 살아계실 때도 있었다. 아마도 처음에 키우던 비둘기 한 쌍이 나은 새끼 중 하나일 것이다. 그 새의 이름은 조종사이다. 비행기처럼 높이 날아다녔기 때문이다. 하지만 이제는 너무 늙어 눈도 안 보이고 관절염으로 다리도 마비되었다. 그래서 조 씨 손안에 안겨 있다. 움직이지도 못한다. 그저 바람을 들이마시고, 깃털 위로 내리쬐는 따스한 햇볕을 즐길 뿐이다.

살로메는 손뼉을 쳤다. 눈이 반짝반짝 빛났다. 그녀는 몸을 움직이고 싶어 했다. 하지만 손이 말을 듣지 않았다. 이마를 만지려던 왼손은 이마에 닿지 못하고 코에 부딪히고 말았다. 기분이 나빠진 그녀는 얼굴을 찡그렸다.

"좀 쉴까요? 그게 좋겠죠?"

살로메는 키가 크고 몸도 날씬하다. 하지만 아파서 휠체어에 앉아 있다. 가느다란 다리를 스코틀랜드 담요로 덮었다. 기저귀 찬 것을 숨기기 위해서이다. 그래도 그런 상황에 대해 농담할 줄도 안다. "다리 떠는 걸 보이지 않으려고요. 복이 달아나는 건 싫거든요." 다리를 떨면 복이 달아난다는 말은 나도 많이 들었다. 그렇게 자신에 대해 빈정거릴 수 있는 살로메의 용기가 마음에 든다.

나는 다시 물었다. "피곤하시죠?"

"아니, 괜찮아요." 그녀가 말했다.

살로메는 언제나 못마땅한 점을 찾아낸다. 그것이 그녀의 성격이었다.

내 이야기에서 찾아낸 결점은 이름이 없다는 것이었다.

"빛나 씨 이야기가 맘에 들어요. 나도 조 씨의 비둘기처럼 도시 위를 날 수 있을 것만 같아요. 무척 가벼워진 느낌이에요. 그러고는 약간 비웃는 듯한 태도로 "하지만 나는 이름들을 알고 싶어요."라고 말했다.

처음에 나는 그게 무슨 말인지 알아듣지 못했다.

"이름이요? 무슨 이름이요?"

그녀는 약간 신경질을 냈다. "비둘기들이 날아다니는 동네이름 말예요. 그 이름들을 말해 줘요."

그래서 나는 이름들을 만들어냈다. 이 도시에서 내가 아는 동네들 이름을 말해 주었고, 때로는 존재하지 않는 동네들, 한 번도 본 적이 없는 곳, 꿈속에서 어렴풋이 본 듯한 동네 이름을 지어내기도 했다.

흑룡과 다이아몬드는 고층건물들 위를 날아 한강까지 간 후, 여의도를 지난다. 흰색 국회의사당 건물도 지나고 일요일 오후 손주들을 데리고 나온 노인들이 산책하는 공원도 지난다. 비둘기들은 비스듬히 날면서 당산철교 위를 지난다. 다리 위에는 수많은 자동차가 줄지어 지나간다. 마치 떼 지어 움직이는 곤충들 같다. 비둘기들은 거기서 멈추지 않고 오리들이 많이 있는 섬 위를 지나간다. 그리고는 뒤돌아서 강을 따라간다. 그러다 보면 청계천에 이른다. 비둘기들은 명동의 사보이 호텔 위를 날아간다. 명동에는 사람들이 붐비는 좁은 길이 많다. 어두운 골목도 많다. 비둘기들은 거대한 산을 따라 지나간다. 아마도 다이아몬드는 나는 걸 멈추고 산 위 소나무에서 잠시 쉬고 싶을 것이다. 솔잎 향기를 너무 좋아하기 때문이다. 다이아몬드는 언젠가는 이런 곳에 흑룡과 둥지를 트기를 바랄 것이다. 하지만 흑룡은 부지런히 날개를 움직인다. 길게 곡선을 그리면서 종로와 교보빌딩을 향해 날아간다. 비둘기 두 마리는 인사동을 향해, 그리고 창덕궁과 창경궁 정원을 향해 날아간다. 작은 연못에 담긴 물은 햇빛에 반짝인다. 나무와 꽃향기가 진동한다. 산에서 내려온 바람은 그들을 뒤로 밀어낸다. 그래서 비둘기들은 동대문 위를 날아, 삼청동에 이른다. 먼지 나는 건물 옥상에서 조 씨는 비둘기들이 보는 것을 상상할 수 있다. 유약을 발라 반짝이는 전통가옥 기와지붕, 정원, 네모난 마당 등. 비둘기들은 경복궁 근처를 난 후 서울역에 이른다. 그리고는 다시 남쪽으로 날아간다. 벌써 하루가 지나고 있다. 비둘기들은 온종일 날아다니느라 피곤하다. 다시 한 번 삼성사옥 주위를 돈다. 한강에서 불어오는 바람에 밀려, 아니면 태양풍에 밀려, 비둘기들은 용산 언덕에 기댄 높은 빌딩 그림자를 향해, 조 씨가 기다리는 아파트의 평평한 옥상을 향해 날아간다.

비둘기가 지나간 곳의 이름을 말하자 살로메의 얼굴이 붉게 상기되었다. 그녀는 지그시 눈을 감고, 한 쌍의 비둘기와 함께 하늘로 날아갔다. 이 길에서 저 길로 돌아다녔고, 한강에서 부는 바람을 느꼈으며, 자동차와 트럭과 버스가 뒤섞인 소리도 들었다. 끼-익 소리를 내며 신촌역 역사로 미끄러져 들어오는 기차의 쇠바퀴 소리도 들었다.

나는 이름들을 지어냈다.
송시, 명주, 청강, 별해, 팔랑개비, 독해, 홍로⋯.

아무 의미가 없는 말들이었다. 하지만 살로메는 실제로 그런 지명이 있다고 믿었다. 창백하리만치 하얀 그녀의 손은 휠체어 손잡이를 꽉 움켜잡았다. 마치 그 휠체어가 이륙하여 하늘로 날아가듯이, 그리고 구름 속으로 들어가듯이⋯.
그리고 나서 살로메는 두 눈을 꼭 감은 채 휠체어 등받이에 몸을 기댔다. 눈을 감으니 하얀 눈꺼풀에 푸른색이 돌았다. 살로메는 잠이 들었다. 나는 아무 소리도 내지 않고 조용히 일어나 오만 원짜리 지폐들이 들어 있는 봉투를 집어 들었다. 봉투에는 삐뚤삐뚤한 글씨로 커다랗게 빛나라는 이름이 쓰여 있었다.

빛나

나는 문을 열고 밖으로 나왔다.

그 무렵 집안 상황은 더 나빠졌다. 싸움이 점점 잦아졌다. 사촌 동생 백화 때문인 경우가 많았다. 사랑스러운 백화는 저녁이면 밖으로 나돌면서 남자아이들과 어울리기 시작했다. 말하자면 그 아이는 탈선의 길로 접어들고 있었던 것이다.

고모는 내게 말했다. "너는 인생 경험이 많잖니." 도대체 무슨 경험을 말하는 걸까? "네 동생이 그러지 못하게 네가 신경 좀 써야 하지 않겠니? 그 아이는 학교 공부는 조금도 안 해. 학교 가 봐야 아무 소용없으니, 이제 더는 학교에 안 다니겠다고까지 말하는구나."

내가 그 애를 위해 아무 노력도 안 한 건 아니다. 사실 그 애가 조금 불쌍하기도 했다. 집안에서 제멋대로 하면서 자라 버릇없는 아이, 그래서 인생이 무엇인지 전혀 모르는 그 아이가. 어느 날 오후, 나는 학교 정문 앞에서 기다리고 있다가 수업이 끝나서 나오는 백화를 붙잡고 잔소리를 좀 했다. 우리는 홍대 앞에 있는 카페 라바짜에 갔다. 백화는 담배를 피우려고 테라스에 앉았다.

"벌써 담배 피우면 안 되는 거 아냐?"

백화에게 말했다.

"너도 피우잖아?"

"네 나이 때는 안 피웠어."

"뭐가 다른데?"

나는 포기해 버렸다. 그 아이가 사람들 앞에서 담배를 피우든, 몰래 피우든 나와 상관없는 일이었다.

"네 맘대로 해. 그런데 너, 학교에서 공부는 하나도 안 하지?"

"네가 그걸 어떻게 알아?"

"성적표 봤어. 결석이 많던데. 성적은 엉망이고."

"내 성적이 너와 무슨 상관인데?"

갑자기 목소리가 커졌다. 백화는 몸을 구부리면서 나를 빤히 쳐다보았다. 분노에 사로잡혀 동공이 커지고 관자놀이 혈관도 부풀어 오른 것이 보였다.

"넌 아무것도 아니야. 그저 시골뜨기라고. 대학에 다닌다고 사람들이 다 우습게 보이니? 너희 시골로 돌아가서 오징어나 잡지그래!"

갑자기 그 아이가 너무 못나고 천박해 보였다. 백화가 퍼붓는 욕을 들으면서, 그 애가 자기 엄마를 아주 쏙 빼닮았다는 생각을 떨쳐버릴 수가 없었다. 나이 차가 스무 살이나 되지만, 둘 다 얼굴이 넓적할 뿐 아니라 턱은 뒤로 빠졌고 이마는 각졌다. 나보고 시골로 가서 물고기나 잡으라는 말 역시 고모한테서 들은 말일 것이다. 고모는 내가 없을 때 분명히 그런 말을 했을 테니까.

나는 고모 집을 떠나기로 했다. 살로메에게 받은 돈으로 신촌 근처 언덕배기 동네에 작은 방 하나를 얻었다. 출입구가 따로 있다는 점이 마음에 들었다. 집주인을 만날 필요가 없기 때문이다. 반지하에 있는 작은 방이었다. 화장실에는 비닐 커튼이 낡은 세면대와 변기 사이에 쳐져 있었다. 약간 어둡고 습했지만, 순전히 내 집이었다. 더는 사촌 동생의 투정이나 고모의 잔소리, 고모부의 코 고는 소리를 듣지 않아도 됐다. 학교 수업을 들으러 갔고, 먹을 것을 샀다. 콜라와 담배도 샀다. 이 세상 그 누구보다도 행복했다. 혼자 사는 것이, 그게 누구건 아무도 만날 필요 없이 완전히 혼자라는 사실이 이렇게까지 좋을 줄은 몰랐다. 친구가 없어 외롭다고 투덜대는 여자아이들을 도무지 이해할 수 없다. 혼자인 것이 얼마나 큰 행복인지 그 아이들은 모른다. 남자친구도 필요 없었다. 내가 만난 남자애들은 전부 바보 같은 데다가 거만하기까지 했다. 엄마, 여자친구들, 누나들, 선생님들이 애지중지 키워 버릇없는 왕자님들이다. 남을 배려할 줄 모르고 자기만 알았다. 그저 머리 손질이나 하고 향수를 뿌리고, 셀카로 제 모습을 찍으면서 머리 모양을 다듬느라 대부분 시간을 보냈다. 나는 내게 다가와 수작 거는 남자아이들에게 매몰차게 대했다. 그 아이들은 그저 핀잔 몇 마디에 금방 기가 죽었다. "얼굴에 여드름이 있네!"라던가 "아무도 너한테서 냄새난다고 안 하디?" 또는 "어디서 이런 재킷을 발견했어? 자동차 정비공 같아!" 이런 말 몇 마디면 충분했다. 그런 말을 들으면 그 아이들은 딴 데로 가버렸다. 그런 애들을 보면 사람들을 붙잡고 내세에 대해 이야기하면서 도시 밖 외딴곳으로 유인한 후에 돈을 다 빼앗아 버리는 사기꾼들이 생각났다.

내가 다시 만나고 싶은 유일한 사람은 살로메였다. 이야기해달라고 나를 고용했기 때문이 아니라, 내 이야기를 듣는 태도 때문이었다. 살로메는 내 이야기를 빨아들일 것처럼 열심히 들었다. 이야기를 듣기 위해 눈에서 모든 에너지를 뿜어내는 것 같았다. 비록 아무것도 할 수 없는 무기력한 에너지일지라도 말이다. 어느 날 아침 살로메가 내게 전화를 했다. 수업 중이었다. 전화기 화면에 그녀의 전화번호가 뜬 것을 보았다. 하지만 수업이 끝나고 나서도 그녀에게 전화하지 않았다. 점심시간에 학교 식당에서 열심히 국을 떠먹고 있을 때 그녀에게서 다시 전화가 왔다.

"모시-모시?"(살로메는 전화할 때마다 그렇게 말했다.)

"당신 이야기가 궁금해요. 그다음을 듣고 싶어요. 왜 전화 안 해요?"

"학교에 일이 있었어요. 번역 관련 세미나를 준비해야 하거 든요."

사실이었다. 하지만 그보다는 이사하느라 더 바빴다. 그 말을 할 수는 없었다. 우린 실제 삶에 관해서는 말하지 않기로 했기 때문이다. 나도 그게 좋다. 사람들은 자신의 온갖 잡다한 문제들을 남에게 시시콜콜 다 이야기하는 경향이 있다. 아무도 관심 없어 하는 이야기들을 말이다. 살로메는 위중한 병에 걸려 있다. 하지만 딱 한 번 언급했을 뿐이다. 그것도 자신이 걸을 수 없다는 것과 자신을 씻기고 옷을 갈아입히러 하루에 두 번 간병인이 오는 것을 알리기 위해서였다. 내가 살로메의 집에 갔을 때 자기가 왜 문까지 나올 수 없는지 이해해 주기를 바랐기 때문이기도 했다. 나는 그렇게 심하게 아픈 사람은 한 번도 본 적이 없다. 돌아가시기 직전의 우리 할머니조차 꼬부라진 허리로 닭들에게 모이를 주려고 닭장까지 걸어갔으니까.

"오늘 오후에 기다릴게요. 오실 거죠?"

나는 망설이지 않았다.

"오늘 오후 좋아요. 다섯 시에 갈게요."

"아! 빛나, 당신은 천사예요."

살로메는 그 말을 영어로 했다. 전화를 끊자, 살로메가 보낸 이모티콘이 전화기 화면에 떴다. 웃기게 생긴 아이 머리 위에서 새들이 춤을 추고 있는 그림이었다.

나는 버스를 타고 프랑스 학교가 있는 강남의 서래마을로 갔다. 햇빛이 환하게 비치는 화창한 날이었다. 나는 이제까지 그곳이 그렇게 예쁜 동네였다는 사실을 잘 몰랐다. 그 동네에는 정원 한가운데 지은 나지막하고 고급스러운 건물이나 현대식 빌라가 많았다. 담벼락 안쪽에 있는 개들은 내가 문 앞을 지나가면 사납게 짖어대곤 했다. 그 동네 거리엔 지나다니는 사람이 별로 없었다. 신촌 달동네와는 완연히 달랐다. 거기선 사람들 대부분이 걸어 다녔고, 채소를 가득 실은 손수레나 헌 상자들을 주워 모은 리어카가 지나 다녔다. 살로메가 사는 동네는 ─아직 한 번밖에 와 보지 않았지만─ 자동차들조차 움직이지 않는 것처럼 보였다. 자동차들은 페인트로 표시된 길옆 주차구역에 얌전하게 주차되어 있었다. 살로메가 사는 건물 앞에 간병인이 타고 온 회색 기아 자동차가 주차되어 있는 것이 보였다. 건물 벽을 따라 주차해 놓은 것이다. 그 작은 차를 보자 왠지 안심되었다. 하지만 마음이 그렇게 금방 바뀌기는 어려운 법, 안심되면서도 약간 위축되고 불안했다. 그래서 그냥 되돌아갈 뻔했다. 하지만 살로메의 목소리, "그다음은 어떻게 되었나요? 제발, 그다음 이야기를 해 주세요."라고 말하는 애절한 목소리가 떠올랐다. 그 목소리는 내게 초인종을 누를 용기를 주었다. 간병인이 문을 열어 주었다. 나는 운동화를 벗고 간병인이 주는 슬리퍼를 신었다. 간병인은 아무 말도 하지 않았다. 특히 "살로메 씨가 기다리십니다." 같은 말은 절대 하지 않았다. 그것은 살로메의 지시사항이었다. 일상적인 이야기 절대 하지 않기. 침묵 지키기.

살로메의 방은 오후 햇살이 들어와 환했다. 이 시간에 오길 참 잘했다는 생각이 들었다. 어둡고 차가운 분위기였다면 우울했을 것이고, 환자 냄새도 견디기 어려웠을 것이다. 하지만 환자 냄새는커녕 재스민 향기가 가득했다. 간병인이 우리를 위해 재스민차를 준비해 주었던 것이다. 살로메 곁 카드놀이용 작은 테이블 위에 놓인 재스민차에서 김이 모락모락 나고 있었다. 일종의 의식처럼 보였다. 두 번밖에 오지 않았으니 의식인지 아닌지는 알 수 없다. 하지만 내게는 의식처럼 보였고, 나는 의식에 속하는 행위는 무엇이든 다 좋아한다. 그

의식은 이야기하고 싶은 생각을 불러일으켰다. 손이 떨릴 만큼, 조바심이 날 만큼. 건방져 보일지도 모르지만, 이 집에 들어선 순간, 살로메에게 삶의 의욕을 북돋워 주는 것이 내 운명이라는 생각이 들었다. 아무튼 나는 그 의식이 좋았다. 왜냐하면 우리 집 문을 나설 때까지만 해도 무슨 이야기를 할지 결정하지 못했기 때문이다. 조 씨 이야기를 계속할지, 키티 양 이야기를 할지, 아니면 어떤 살인자 이야기를 꾸며낼지… 오늘은 키티 양 이야기를 해야겠다.

살로메에게 해준 두 번째 이야기

2016년 5월

어느 날 키티가 미용실에 왔다. 이른 아침이어서 임 원장은 손님 맞이할 준비를 하고 있었다. 의자를 정리하고, 깨끗한 수건과 미용 도구를 준비하고, 녹차를 마시기 위해 커다란 주전자에 물을 끓였다. 바로 그때 키티가 왔다. 임 원장의 미용실은 그리 크지 않다. 하지만 모든 것이 잘 정돈돼 있어 머리를 자르거나 염색하거나 파마하러 오는 여자들에게는 안성맞춤이다. 손님들은 별로 다양하지 않다. 대부분 어느 정도 나이든 부인들이다. 임 원장은 손님 이름과 성뿐 아니라, 그들의 시시콜콜한 이야기까지도 다 안다. 보통 미용사나 네일 아티스트들은 그런 이야기를 주워듣게 마련이니까. 그런 곳이니만큼, 키티의 갑작스러운 출현은 예상치 못했던 놀라운 사건이 아닐 수 없었다. 그때까지는 아직 이름도 없는 낯선 존재였다. 그러다가 한 달인가 두 달 지난 후에야 키티라는 이름으로 불렸다. '헬로 키티'라는 일본 고양이 캐릭터 때문일 것이다. 아니, 어쩌면 누군가가 그렇게 부르는 것을 임 원장이 들었기 때문인지도 모른다. 키티의 방문으로 미용실 사람들은 흥분했다. 미용실에서 일하는 조은이와 예리는 신이 나서, 말도 안 되는 오만가지 상상과 추측을 늘어놓았다.

그 애는 너무 말랐어. 경기도쯤에서 왔을 거야. 어디 농촌 마을이겠지. 아니야, 그렇게 먼 곳에서 왔을 리가 없어. 내 생각에 그 애는 서울 아이야. 무서운 게 없잖아. 우리 가게에 올 때도 마치 이 동네를 잘 아는 것처럼, 자신 있게 들어왔어. 도시에 사는 애라니까! 영월 출신인 주제에 네가 뭘 알아? 아무튼 그 애한테는 부족한 게 없어. 그 애가 입은 옷 좀 봐. 얼룩 하나 없는 근사한 회색이잖아. 시골 진창에서 굴러본 적이 한 번도 없을 거야. 게다가 이 동네도 잘 알아. 아마 바로 여기 Good Luck! 아파트 단지에 살 거야. 아니면 냉면집에서 왔거나. 어쩌면 카드놀이 하는 도박장에서 온 건지도 모르지. 도박장이라고? 넌 정말 아무 말이나 막 하는구나. 저 애가 그 술주정뱅이들하고 무슨 상관이 있다고! 확실하진 않지만 난 그 애를 교회 근처에서 본 것 같아. 목사님이 돌봐주고 계실 거야. 분명 그럴 거야. 사색에 잠긴 것처럼 보이거든. 아무 말이나 막 하는 건 바로 너야. 조계사나 남산에 있는 절에 갔을 때 거기서 본 건 아니고? 아무튼 저 애는 뭘 하러 여기 왔을까? 이 미용실은 그저 동네 아줌마들이나 들르는 곳이지 멋쟁이들이 오는 데가 아니잖아, 안 그래? 임 원장이 결론을 냈다. 객설은 이제 그만! 너희들 정말 수다스럽구나. 일이나 해, 수건도 빨아야 하고, 가위나 손톱손질 기구도 닦아야 하잖아. 쓸데없이 헛소리나 지껄이라고 월급 주는 줄 아니?

"나를 아시나요?" "내 이름이 무엇인지, 내가 어디 사는지 아시나요?" "이 메시지를 보시면 이 종이에 답을 써주세요." "010-2 … 번호로 연락 부탁드립니다."(그다음 번호가 이어져 있다. 하지만 성가시거나 무례한 전화를 받을까 두려워 나머지 번호는 적지 않겠다.) 키티는 목에 걸린 작은 가방 속에 그런 쪽지를 넣어가지고 다녔다. 짚으로 엮어 만든 작은 가방이었다. 아니, 가방이라기보다는 지갑에 가까웠다. 그것은 임 원장의 아이디어였다. 키티가 누구인지, 도대체 무슨 일이 있었는지 정말로 궁금해서가 아니었다. 키티 주위를 감도는 신비스러운 분위기, 키티가 풍기는 어둡고 불길한 면이 호기심을 자극했기 때문이었다. 임 원장에 따르면, 이 세상에 우연이란 없다. 모든 것에는 원인이 있고, 의미가 있고, 결말이 있다. 떠돌이 하나가 어느 날 아무 이유 없이 그 동네, Good Luck! 아파트 입구에 있는 가게에 나타날 수는 없다. 그것은 어쩌면 우리의 일상에 변화가 생길 것임을, 예측할 수 없는 어떤 불안한 사건을 예고하는지도 모른다. "아무튼 저 애는 어딘가에서 왔잖아." 임 원장은 종업원들한테 그렇게 말했다. "아니면 누군가가 저 애를 우리에게 보냈나?" "원장님이 직접 물어보시지 그래요?" 손님 중 하나가 비아냥댔다. 파마하러 정기적으로 미용실에 오는 뚱뚱한 오십 대 아줌마였다. 임 원장은 그 여자를 별로 좋아하지 않았다. 동네 교회의 목사 사모로, 어찌나 인색한지 항상 싸게 해달라고 졸랐다. 특히 머리 손질이 끝난 후에는 당연하다는 듯 두툼한 목을 마사지해달라고 했다. "그럴 참이에요. 두고 보세요." 임 원장이 응수했다. 바로 그날, 임 원장은 작은 짚 가방 속에 쪽지를 집어넣기로 했다.

키티 목에 걸린 작은 가방은 비밀을 간직한 채 몇 주 동안 그대로 있었다. 가방 속에 담긴 쪽지들은 아무 답도 얻지 못했다. 그러던 어느 날, 임 원장이 쪽지에 대해 더는 아무 생각도 안 하고 있을 때 키티가 돌아왔다. 그놈은 아무 거리낌 없이 미용실로 들어왔다. 마치 거기 있는 사람 모두를 잘 알고 있으며, 검은 가죽 소파에 앉아 사람들이 자기를 돌봐주기를 기다리는 것이 너무도 당연하다는 듯이 말이다. 임 원장은 흥분했다. 아무도 키티 곁에 다가가지 못하게 했다. 그리고는 주먹밥과 어묵 등 요깃거리를 만들어 키티 앞에 가져갔다. "많이 돌아다니느라 배고프겠다. 자, 우선 이것 좀 먹으렴. 우리 이야기 좀 하자꾸나." 이야기라고까지 할 건 없었다. 임 원장도 키티와 대화하는 걸 기대하진 않았기 때문이다. 임 원장은 키티가 먹는 동안 가만 내버려 두고, 손님 머리를 손질하려 염색도구를 준비했다. 가는 귀가 먹은 노인이 파란색으로 염색해 달라며 머리를 내밀고 있었다. 종업원들은 하던 일을 계속했지만 키티를 흘끔흘끔 곁눈질했다. 키티는 서둘지 않고 천천히 음식을 먹었다. "배가 고프지 않은가 봐." 임 원장은 생각했다. 그것은 그 애가 보통 떠돌이와는 다르다는 증거였다. "저 애는 분명 집도 있고 자주 가는 곳도 있을 거야. 돌봐주는 사람도 있고." 그런 생각이 들자 임 원장은 안심이 되었다. 동시에 궁금증이 더 커졌다. 아무것도 필요 없는데, 집도 있고 주위에 사랑하는 사람들도 있는데, 왜 아무 미용실에나 들어와 자기 차례를 기다리듯 얌전히 앉아 있을까? 그렇게 생각하니 소름이 돋았다. 저 아이는 겉보기와는 달리 진짜 사람이 아닐까, 오래전에 죽어서 사람들의 기억에서 사라져버린 어떤 사람이 자기 존재를 알리기 위해 환생한 것은 아닐까 하는 생각이 들었던 것이다. 임 원장은 서둘러 머리 염색 준비를 마쳤다. 손님 머리에 꼭 끼는 비닐캡을 씌운 후 기다리게 해놓고는, 키티를 보러 작업대 반대편에 있는 소파로 달려갔다. 키티는 서둘지 않았다. 주먹밥과 어묵을 다 먹은 후, 느긋하게 하품을 했다. 안구의 노란빛이 약간 새어 나오게 눈을 반쯤 감은 채 등받이 쿠션에 머리를 기대고 살짝 졸고 있는 것 같았다. 임 원장은 마음이 급해서 손도 씻지 않고 키티에게 다가갔다. 손을 키티 목에 갔다 대자 키티는 몸을 움찔하며 물러났다. 시큼한 염색약 냄새가 싫었던 것이다. "오! 미안, 아가씨!" 임 원장이 말했다. "이 냄새가 별로 안 좋지? 손 씻고 올게." 임 원장은 의자 옆 세면대에서 정성스레 손을 씻었다. 그리고는 어떤 자세를 취해야 할지 엉거주춤하다가 의자 앞에 무릎을 꿇고 앉았다. 자기 얼굴을 키티 얼굴과 같은 높이로 맞추기 위해서였다. "자, 어떤 쪽지를 가져왔는지 보자꾸나." 임 원장은 키티 목에서 작은 가방을 조심스레 벗긴 후 열어 보았다. 가방 안에서 네 번 접힌 종이 한 장을 발견하고는 가

슴이 뛰었다. 그것은 며칠 전 임 원장이 가방에 넣은 쪽
지가 아니었기 때문이다. 옅은 보라색 얇은 종이 위에는
수성 펜으로 쓴 단어 몇 개가 있었다. 어린이 글씨체였다.

나는 아파트 15층에 삽니다.
이름도 없고 가족도 없습니다.
나는 누구일까요?

종업원들이 달려와 임 원장을 둘러싸고, 어깨너머로 그
쪽지를 보려고 했다. 하지만 임 원장은 그들에게 쪽지를
보여주지 않았다. 임 원장은 일어서서 정성스레 쪽지를
다시 접은 후 작업복 주머니에 집어넣었다.

"뭐라고 씌어 있어요?" 제일 어린 윤이 물었다. "그러니
까요, 뭐라고 답이 왔어요?" 다른 사람들도 물었다. 파랗
게 염색하려고 머리에 비닐캡을 쓴 노인도 다가왔다. "그
러니까 어떻게 된 거예요?" 종업원 중 하나가 노인의 궁
금증을 풀어주려고 말했다. "별거 아니에요. 그냥 답장이
온 것뿐이에요." 노인은 투덜댔다. "별거 아니야, 별거 아
니라고? 하지만 내 머리는 염색해야 할 거 아니오." 이 모
든 호기심의 주인공인 키티는 정작 아무 관심도 없어 보

였다. 그저 느긋하게 기지개를 켜더니 의자의 팔걸이에 작고 우아한 머리를 기대고 다른 쪽을 바라보았다.

키티는 아침 내내, 오후에도 얼마 동안 의자에 앉아 졸면서 미용실에서 지냈다. 그러다 가게 문을 닫을 시간이 되었다. 임 원장은 다른 쪽지를 쓰기로 했다. 종업원들은 미용실을 청소하고 작업 도구들을 정리한 후 모두 퇴근했다. 밖은 캄캄했다. 불이 하나둘 켜지기 시작했고, 일을 마친 후 아파트로 돌아가는 주민들의 자동차 소리가 가볍게 들렸다. 귤 장사는 큰길 구석에 트럭를 세워두고 찍찍거리는 마이크에 대고 소리를 지르고 있었다.

임 원장은 쪽지를 썼다. 잠시 생각한 후 지금이야말로 그 아이에게 이름을 지어줄 때라고 생각했다.

키티

나는 *Good Luck!* 아파트 입구에 있는 미용실에 있어요.

혹시 나를 아신다면 연락해 주세요.

감사합니다.

그리고 나서 정성스레 접은 종이를 작은 짚 가방에 집

어넣은 후, 잘 묶어 키티의 목에 다시 걸어 주었다. 그리고 기다렸다. 키티는 임 원장이 그러길 기다린 것 같았다. 그 후 바로 의자에서 내려와 문밖으로 나갔기 때문이다. 키티는 어디로 가야 할지 망설이듯 보도에서 왔다 갔다 하더니 이내 사라져버렸다. 임 원장은 키티가 어디로 가는지 보려고 서둘러 문 쪽으로 다가갔다. 하지만 키티는 아파트 입구를 장식한 작은 숲 뒤로 이미 사라지고 없었다. 임 원장은 가슴에 통증 같은 것을 느꼈다. 다시는 키티를 볼 수 없을 것 같은, 이번이 마지막 방문이었으며 이제 다시는 키티가 미용실에 올 일이 없을 것 같다는 생각이 들었기 때문이다. 그날 저녁, 집에 가서도 임 원장은 식구들에게 아무 이야기를 하지 않았다. 그것은 일종의 비밀이었다. 말해 버리고 나면 잃어버릴 것만 같았다. 희미하게 기억하는 꿈을 이야기하고 나면 꿈 내용이 다 지워지는 것처럼 말이다.

늦은 오후였다. 햇빛은 방구석 쪽 벽을 겨우 비출 뿐이었다. 살로메는 그 벽에 가족사진들로 가득 채운 노란 나무액자를 걸어놓았다. 나는 차마 그 액자 앞에 멈추어 설 수가 없었다. 투피스를 입은 키가 크고 엄하게 생긴 부인 얼굴을 얼핏 보았을 뿐이다. 그 사진은 사진관에서 찍은 것으로, 폭포와 오래된 건물들이 배경으로 장식되어 있었다. 언젠가 부인을 소재로 이야기를 지어낼 수 있겠다는 생각까지 했다. 키티 같은 나그네 이야기, 오래전 오스트레일리아에 살다가 난파선에서 죽게 된 여인 이야기를. 가만히 생각해보면 물에 빠져 죽는 것은 정말 끔찍하겠지만, 그래도 난파선에서 죽는다는 것은 낭만적이라고 생각했기 때문이다. 하지만 지금은 키티만으로도 생각할 게 너무 많다.

살로메는 재스민차를 더 달라고 했지만 간병인은 아무 대답도 하지 않았다. 아마도 교대 시간인가 보다. 그래서 내가 차를 준비했다. 창문 옆 작은 책상 위에 있는 전기포트에 물을 끓인 후, 찻잔에 더운물을 부었다. 대학 식당에서 훔친 것 같은, 아무 장식도 없는 평범하고 두툼한 도자기 찻잔이었다. 아마도 살로메에게는 아주 특별한 의미가 담긴 찻잔인가 보다.

살로메가 말한다. "키티 이야기를 해줘요." 그리고 덧붙여 말한다. "그러고 나서 조 씨의 비둘기 이야기도 해줄 거죠?"

살로메는 홀짝홀짝 차를 마신다. 살로메의 왼손이 부르르 떨린다. 오른손은 움직이지 않는다. 아무짝에도 쓸모없는 물건처럼 옷자락 위에 가만히 놓여 있다. 내 시선을 의식한 살로메는 무덤덤하게 말한다. "내가 가장 견디기 어려운 게 바로 이런 거예요." 그녀는 얼굴을 약간 찡그린다. 뭔가 특별한 이야기를 하고 싶은데 잘 안 되기 때문이다. "매일 매일 조금씩 떨어져 나가는 것, 무엇인가 사라져 버리는 것, 지워져 버리는 것" 이런 말을 하고 싶었으리라.

나는 아무 말도 하지 않았다. 살로메 같은 사람에게는 위로도 동정도 필요 없을 것 같다. 그저 상상으로라도 여행할 수 있게 해주는 이야기만이 필요할 뿐이다.

그래서 임 원장은 매일 아침 키티가 오기를 기다렸다. 키티가 오지 않는 날은 종업원들의 수다와 손님들의 투덜거림으로 하루를 보내는 것이 너무도 지겹게 느껴졌다. "아이고 내 팔자야. 우리 아들은 정말 나쁜 놈이에요. 어떤 때는 그 애가 나를 때릴 것만 같다니까요." 혹은 "우리 남편은 곧 은퇴할 거예요. 마닐라, 두바이, 뭄바이 등 온 세상을 돌아다니며 여행하고 싶대요. 사람들은 나보고 좋겠다지만, 난 아무 흥미도 없어요. 솔직히 집에 틀어박혀 화단에 물이나 주는 것이 훨씬 더 좋아요." 임 원장은 그들이 남편과 여행을 가든 말든, 아들이 고약하든 말든 아무 관심도 없다. 자기 인생만으로도 충분히 걱정거리가 많으니까. 하지만 키티 생각이 머리에서 떠나지 않는다. 작은 짚 가방에 담아 가지고 올 답이 궁금하다. 그래서 그 답이 도착하자 임 원장은 가만히 기다릴 수가 없다. 머리 세팅이며 붉은 염색이며 머리카락 마사지며 하던 일을 신속하게 해치우고 셔터를 내린다. 그리고 키티에게 다가간다.

"뭘 가져왔어? 자, 어디 보자."
키티는 목을 내밀고, 임 원장은 조심스레 가방끈을 푼다. 가방 안에는 작은 흰 종이가 들어 있다. 거기엔 다음과 같은 말이 쓰여 있다.

이 나그네는 내 친구이기도 합니다.

임 원장은 서둘러 답장을 쓴다.

그러면 저를 방문해 주세요. 저는 아파트 입구에 있는 미용실에 있습니다.

짚 가방을 닫자마자 키티는 가버린다. 한걸음에 거리로 나가 아파트 정원 숲속으로 사라져버린다. 밥이나 국, 물 한 잔 달란 내색조차 하지 않는다.

다음 날 키티가 다시 온다. 이번에는 글씨체가 다른 쪽지를 가져온다.

저도 친구예요. 하지만 저는 이 아파트에 살지 않습니다. 나이 든 노인 댁에 다리미질하러 들를 뿐입니다.

임 원장은 답신을 쓴다.

그 아이 집을 아시나요?

쪽지가 답한다.

몰라요. 일 층에서 오는 것 같아요. 우리 집까지 엘리베이터를 타고 오더군요.

이틀 후 또 다른 쪽지가 도착한다.

그 친구가 뭘 원하는 건지 아시나요? 왜 그렇게 돌아다니는지 아시는 분 안 계세요?

빈정거리는 투로 답장을 보낸 것도 있다. 임 원장은 일 층에 사는 늘 지저분한 노인이 얼른 떠오른다. 그는 언제나 투덜거린다. 아마도 아파트 수위 중 하나일 것이다.

그놈은 자기가 누군지 알고 싶어 그렇게 돌아다니는 거예요, 아닌가요? 그러니 귀찮게 하지 말고 내버려 둬요.

비록 반쯤은 미치광이인 주정뱅이 노인이 한 말이지만, 그 말은 임 원장 뇌리에 박혔다. 그 생각뿐이었다. 키티는 자기가 누군지 알고 싶다. 일을 마치고 퇴근한 후에도 임 원장은 텔레비전 앞에 앉아 좋아하는 드라마를 보는 대신, 주방에 혼자 남아 생각에 잠겼다. 남편은 걱정이 되었다.

"무슨 일 있어? 돈 문제야?"

임 원장 남편인 강 씨는 상상력이 풍부한 사람이 아니었다. 그에게는 이 세상 모든 일이 돈 문제, 혹은 건강 문제로 요약되었다. 임 원장이 돈 문제가 아니라고 하자, 다른 더 심각한 문제를 상상했다.

"여보, 이리 와서 좀 앉아 봐. 당신이 좋아하는 〈야생의 장미〉가 시작되려고 해."

임 원장은 어깨를 으쓱할 뿐이었다.

"나 좀 내버려 둬. 생각할 게 좀 있어."

"생각?"

강 씨는 자신이 잘못 들었나 의심했다.

"당신 어디 아파? 병원에 가봤어?"

삼사 년 전, 임 원장 오른쪽 가슴에서 종양이 발견된 적이 있었다. 생체 조직 검사 결과, 그저 단순한 지방 덩어리에 불과했지만, 몇 주 동안 두 사람은 불안해하며 살았다. 아내보다 몇 살 많은 강 씨는 아내 걱정을 덜려고 농담을 늘어놓기도 했다. "서울에 과부가 많으면 뭐 하나. 난 다른 남자들과는 달라. 당신이 먼저 죽는대도 난 당신밖에 없어."라고 고백까지 하면서 말이다. 하지만 그의 농담은 별로 효과가 없었다.

임 원장은 피식 웃었다.

"여보, 걱정 마. 난 아무렇지도 않으니까. 그런데 그 키티가…"

임 원장은 남편에게 키티 이야기를 한두 번 한 적이 있다. 하지만 강 씨는 그 이야기에 아무런 흥미도 느끼지 않았다.

"그래서, 키티가 뭐?"

임 원장은 망설였다. 남편은 이 일에서 최고의 의논 상대가 아니기 때문이었다.

"키티가 아무 이유도 없이 우리 미용실에 온 건 아닌 것 같아."

"아무 이유 없이 온 게 아니라니? 그게 무슨 말이야?"

"내 말은", 임 원장이 말을 시작했다. 하지만 말이 금방 쉽게 나오지 않았다. "키티가 나를 쳐다볼 때면, 이상한 예감이 들어. 왠지 모르지만, 그 애 눈을 보면 소름이 돋아. 마치 내게 무슨 이야기인가 하고 싶은 것만 같아."

강 씨는 그녀 말을 믿지 않았다.

"웃기는 생각이야. 그놈이 당신한테 무슨 말을 할 수 있겠어?"

그러고 나서 덧붙인 말은 그가 아무것도 이해하지 못한 걸 증명했다.

"키티가 그렇게 성가시면, 미용실에서 쫓아버리면 될 거 아냐."

강 씨는 텔레비전 앞으로 돌아가 앉았다. 아내가 드라

마를 안 보겠다고 하니 채널을 돌렸다. 어딜 틀어도 허구한 날 못마땅한 표정으로 해설을 곁들이는 앵커의 정치 이야기뿐이었다.

그날 밤 임 원장은 키티의 비밀을 조금이나마 이해한 것 같은 느낌이 들면서 불현듯 잠이 깼다. 하지만 가만히 생각해보니 그 느낌은 억측일 뿐이었다.

키티가 미용실에 온 것은 우연이 아니었다. 누군가 그 애를 그리로 보낸 것이다. 키티는 소식을 전달하는 메신저였다. 그렇다고 그 소식들이 엄청난 의미를 지닌 것은 아니었다. 그저 그 동네 여기저기를 돌아다니면서 서로 모르는 사람들을 이어주는 관계망을 짜기 시작한 것뿐이다.

그러던 중 B단지 아파트 6층에 사는 양유미 씨 사건이 발생했다.

임 원장이 아는 여자였다. 언젠가 한 번 미용실에 온 적이 있기 때문이다. 머리 하러가 아니라 일자리를 부탁하기 위해서였다. 양 씨의 남편은 연락처도 남기지 않은 채 사라져버렸고, 하나밖에 없는 아들은 교통사고로 장애인이 되어 돈을 벌 수 없었기 때문에, 먹고 살기 위해 일자리를 구해야 했다. 임 원장은 양 씨가 안쓰러웠지만 그렇다고 고용할 수도, 다른 일자리를 찾아줄 수도 없었다. 그래서 임 원장은 양 씨에게 돈을 조금 주었고, 그녀는 고마워하면서 공손한 태도로 그 돈을 받아갔다. 그 이후 아무 소식도 없었다. 하지만 임 원장은 양 씨의 상황이 나아졌을 리 없다고 생각했다. 그러던 어느 날 오후 4시, 키티가 양 씨 소식을 가지고 미용실에 왔다. 공책에서 뜯은 종이 한 장에 붉은 글씨로 이런 내용이 휘갈겨 있었다.

다음 세상에서 만나기를 기원합니다.
양유미, B단지 6층

그 메시지를 읽자마자, 임 원장은 서둘러 미용실 문을 닫았다. 전깃불과 건조기 스위치를 끌 여유도 없었다. 그녀는 종업원들과 함께 Good Luck! 아파트 B단지로 달려갔다. 그리고는 현관 안으로 들이닥쳤다. 엘리베이터가 고층에 머물러 있는 바람에, 최소한 몇 분은 기다려야 했다. 엘리베이터 안으로 들어갈 때 임 원장은 키티가 같이 타는 것을 보았다. 건물 앞에서 그들을 기다리고 있었다. 키티는 길을 잘 아는 것 같았다. 키티는 양유미 씨가 보낸 메신저일까? 6층에 내린 임 원장은 어느 쪽 아파트 문을 두드려야 할지 몰라 망설였다. 왼쪽? 오른쪽? 가운데? 그런데 키티가 양 씨 집을 가르쳐 주었다. 임 원장은 아파트 문을 두드린 후, 문에다 귀를 대보았다. 안에서 신음인지 통곡인지 알 수 없는 소리가 들렸다.

"문을 여세요." 임 원장이 말했다. "당신을 도우러 왔어요. 문 좀 여세요."

옆집 문이 빠끔히 열었다. "경찰을 부르지 그러세요?" 추운 듯 몸을 움츠리며 옆집 남자가 말했다. 임 원장은 그의 말에는 신경 쓰지 않고 계속해서 문을 두드렸다. 아주 평범한 문이었다. 손잡이에 용인지 불사조인지 그런 종류의 그림이 그려져 있었다.

"양유미 씨! 양유미 씨, 문을 여세요. 당신을 도우러 왔어요. 미용실 원장이에요. 우리 종업원들과 함께 왔어요. 우리 전에 만난 적 있잖아요. 제발 문 좀 여세요."

얼마 후, 아파트 안에서 소란스러운 소리가 났다. 자물쇠 열리는 소리가 들렸다. 마치 안에 있는 사람이 무거운 것을 미는 것처럼 문이 천천히 열렸다. 그 순간 키티가 아파트 안으로 슬며시 들어갔다. 임 원장은 양 씨가 지르는 탄성을 들었다.

"아, 너구나. 네가 돌아왔구나. 고맙다. 고마워."

임 원장은 그 말이 다른 누구도 아닌, 오직 키티한테 한 것임을 알아차렸다. 그래서 약간 서운하기도 했다. 하지만 그런 생각은 금방 지워 버렸다.

임 원장은 종업원들에게 아파트 입구에서 기다리라고 했다. 너무 많은 사람이 그 현장을 보는 걸 원하지 않았기 때문이다. 창문 블라인드가 모두 내려져 있어 방 안은 무척 어두웠다. 복도와 거실 바닥에는 신문과 종이들이 널려 있었고, 쓰레기봉투들은 겹겹이 쌓여 나뒹굴고 있었다. 마치 도둑맞은 집 같았다. 제 자리에 있는 것은 아무것도 없었다. 의자들은 넘어져 있었고, 꽃병들은 뒤집혀 있었으며, 술병과 더러운 접시가 겹겹이 방바닥에 쌓여 있었다. 창가에 이부자리가 둘둘 말려 있는 것으로 보아, 그곳이 양 씨가 자는 자리임을 알 수 있었다. 임 원장이 불을 켜려고 했지만, 이미 전기는 끊어진 것 같았다. 전기료를 내지 않아 한전이 전기 공급을 중단했을 것이다. 어둠에 눈이 익자, 바닥에 앉아 있는 양 씨가 보였다. 벽에 등을 기대고, 두 손은 허벅지에 올려놓은 채, 바닥에 쓰인 무엇인가를 읽으려는 듯 머리를 앞으로 숙이고 있었다. 문을 열어준 사람이 양 씨가 아니었다면, 임 원장은 그녀가 그 자리에 죽어 있는 줄 알았을 것이다. 그 순간 임 원장은 공포의 전율이 척추를 타고 쫙 밀려옴을 느꼈다. 마치 마법의 동굴 속에 들어온 것 같았다.

임 원장은 양 씨 옆에 앉아 말을 걸었다.

"양유미 씨! 양유미 씨! 괜찮아요?"

물론 괜찮을 리 없었다. 아파트 안은 술 냄새가 진동했고, 희미한 불빛에는 고통과 죽음의 그림자가 가득했다. 결국 미용실 종업원들도 아파트 안으로 들어왔다. 그들이 들어올 때, 임 원장은 키티가 아파트에서 나가는 것을 보았다. 노란 줄무늬가 슬그머니 옆으로 빠져나가는 것이 보였던 것이다.

"블라인드를 올려요!" 임 원장이 말했다.

햇빛이 작은 방 안으로 들어와 난장판인 방을 비추었다. 양 씨는 햇빛에 눈이 부신 듯, 머리카락으로 얼굴을 가리려고 고개를 숙였다. 그녀는 두 손을 꽉 쥐고 머리를 조아리고 있었다. 그 손은 매우 창백했다.

저녁 내내 사람들은 양 씨를 지켰다. 여자들은 양 씨에게 마실 것을 가져다주었다. 미용실에서 나이가 제일 많은 종업원은 아파트를 정돈하기 시작했다. 버릴 것들, 없어도 되는 것들을 모두 정리했다. 양 씨는 사람들이 하는 대로 내버려 두었다. 깊은 물 속에 빠졌다가 살아나 다시 숨을 몰아쉬듯이 입을 벌리고 바닥에 누워 있었다. 아무 말도 하지 않았다. 말을 한다 해도 알아들을 수 있는 말은 하나도 없었다. 하지만 도시 가스를 틀어놓았거나, 아니면 염화칼슘을 삼킨 후 죽으려 했다는 것은 확실했다. 문 앞에 마개가 뽑힌 염화칼슘 통이 있었는데, 통 안에는 내용물이 반쯤 남아 있었다. 베란다를 향한 작은 문이 살짝 열려 있는 것으로 보아 창문으로 뛰어내리려 했는지도 모른다. 저녁 내내 밤이 늦도록 여자들은 그 집에 남아 있었다. 임 원장 남편이 전화했다. 그 집으로 찾아오기도 했다. 그는 평소에 그저 무덤덤한 편이었지만, 이번 일에는 감동받은 것 같았다. 양 씨를 위해 꽃이 담긴 화분을 사오기도 했다. 이제 막 피어난 노란 수선화였다. 양 씨는 이 세상에서 가장 멋지고 황홀한 물건이라도 되는 것처럼 그 꽃을 바라보았다.

그 이후, 시간은 흘렀고 사람들은 일상으로 돌아갔다. 하지만 임 원장은 그 후에도 지속적으로 양 씨를 찾아갔다. 마침내 임 원장은 양 씨에게 Good Luck! 아파트에서 멀지 않은 옷 수선가게 일자리를 하나 구해주었다. 동네 아줌마들 사이에는 이제 서로의 소식을 모른 채 그냥 지나는 일은 절대 없도록 하자는 일종의 서약이나 맹세가 오갔다. 설사 그들에게 위험이 닥치진 않더라도, 서로서로 단결하기로 한 것이다. 서로 이야기를 나누고, 핸드폰으로 안부 메시지를 보내고, 예고 없이 방문도 하기로 말이다. 임 원장이 느낀 유일한 슬픔은, 문제의 사건이 발생한 그 날 저녁 이후 키티가 사라져버렸다는 사실이다. 그것은 동네 사람들 모두가 느끼는 슬픔이기도 했다. 이후 키티는 쪽지를 가지고 미용실에 나타나지 않았다. 그것에 대해 강 씨는 나름의 논리를 폈다. 결국 키티는 다른 장소를 찾은 거야. 덜 소란스럽고, 극적인 사건이 없는 곳을. 고양이들은 조용한 것을 좋아하거든. 그건 잘 알려진 사실이지. 하지만 임 원장은 다른 이유가 있다고 생각했다. 물론 조금 웃기는 생각이었지만, 그래도 그 이유라면 많은 것이 설명된다. 나그네 키티는 보통 고양이와는 다르다. 요정이나 환영, 뭐 그런 종류이다. 임 원장이 만일 기독교 신자였다면, 키티를 천사라고 불렀을 것이다. 노란색이 아닌 검은색 고양이였다면 악마라고 했을지도 모른다. 하지만 임 원장은 불교 신자에 더 가까웠다. 그래서 그녀가 볼 때 키티는 죄 많은 인생의 업을 보상하기 위해 여러 생애를 살고, 여러 세상을 돌아다니는 진정한

나그네였다. 어쩌면 젊었을 때 절망에 빠진 동생을 죽게 내버려 둔 죄를 갚으려고 다시 태어났는지도 모른다. 임 원장은 언젠가 들었던 이야기가 생각났다. 그 일이 딱히 Good Luck! 아파트, 그것도 B단지에서 일어난 것인지는 모르겠지만, 소주병이 어지럽게 널린 아파트 안에서 목을 매어 자살한 젊은 여가수가 발견되었다고 텔레비전이나 신문에서 떠들어댔다. 하지만 그것은 그저 하나의 이야기, 전설 중 하나, 이 도시의 이 동네 저 동네에서 매 순간 일어나는 수많은 사건 중 하나에 불과한지도 모른다. 그 사건들은 각자의 생각에 따라 이상할 수도, 아름다울 수도, 끔찍할 수도 있으리라.

얼마 전부터 살로메를 보러 가지 않았다. 그녀를 잊었기 때문이 아니라, 학교 수업이 많았고 게다가 일주일에 세 번씩 있는 저녁 세미나를 준비하느라 시간이 없었기 때문이다. 나는 살로메가 준 오만 원짜리 지폐들이 든 봉투를 뜯지 않았다. 아마도 일단 시작한 일이니 계속해야 한다는 의무를 느꼈기 때문일 것이다. 어쩌면 지폐에 그려진 여인 때문인지도 모른다. 약간 슬퍼 보이는 그 귀부인의 얼굴을 보고 있으면 살로메 생각이 났다. 지폐의 여인은 내게 이렇게 말하는 것 같았다. "나를 잊지 말아요! 나를 보러 와줘요!" 혹은 준엄한 목소리로 "잔인하게 굴지 마!"라고 말하는 것 같기도 했다. 세미나에서 받은 돈은 집 임대료를 치르기에 충분했다. 나머지는 그럭저럭 해결했다. 주로 김치만 먹고 살았다. 할머니가 하던 말이 기억난다. 아침 점심 저녁을 김치만 먹어도 살 수 있다고. 전쟁 이후, 이승만 정부가 공산당 폭동 혐의로 전라도를 벌주려고 주민들을 굶기는 정책을 폈던 시절에도 그렇게 견뎠다고 할머니는 말하곤 했다.

그리고 얼마 전부터 내 삶에 변화가 생겼다. 밖에서 친구들과 놀던 중, 종로에 있는 서점에서 본 적 있는 박을 우연히 만나게 되었다. 우리는 몇 번 데이트했다. 그의 성을 알게 되었는데 박이 아니라 고였고, 제주도 출신이었다. 하지만 내가 만든 기억 속의 이름을 바꾸고 싶지 않아 계속 박이라고 불렀다. 그는 프레데릭이라고도 불리었다. 피아노곡을 무척 좋아하기 때문에 프레데릭 쇼팽을 기억하며 붙였던 이름이라고 한다.

자연스럽게 그는 살로메 이야기를 했다. 살로메를 잘 아는 것은 아니었다. 적어도 그의 말에 따르면 그랬다. 그녀가 주문한 책들을 가져다주면서 만났다는 것이다. 영어와 프랑스어로 된 소설들, 과학책들, 의학이나 심리학책들이었다고 했다. 그녀와 대화를 나누면서 내가 좋은 친구가 될 수 있을 거라고 생각했다고 한다. 무슨 말인가로 그녀의 생각을 바꾸는 사람이 아니라, 그녀와 함께 상상의 세계를 여행할 그런 친구 말이다. 박이 말하길, 사람이 아프게 되면 세상에 대해 온갖 상상을 하게 된다고 한다. 그건 맞는 말 같다. 낮이고 밤이고 그의 얼굴이 떠올랐다. 안 그러려고 애를 써도 어쩔 수 없었다. 그 남자의 모든 것이 좋았다. 특히 가늘고 긴, 반짝반짝 빛나는 검은 눈이 좋았다. 속눈썹은 가지런했고, 눈썹은 활처럼 구부러졌다. 목탄으로 그린 듯 눈썹이 활처럼 구부러져야 진짜 잘생긴 남자라고 엄마가 입버릇처럼 하던 말이 떠오른다. 거의 붉은색에 가까운 구릿빛 피부도, 짧게 자른 머리도 좋았다. 힘세 보이는 긴 손가락도, 끝이 네모진 손톱도 좋았다. 언젠가 그는 손톱을 동그랗게 만들면서 깎을 인내심이 없어, 가위로 딱 딱 딱 세 번에 걸쳐 손톱을 자른다고, 그래서 손톱 끝이 네모지다고 털어놓기도 했다.

　우리는 자주 만났다. 매주 주말에 만났고, 주중에도 그가 종로에서 아르바이트를 마치는 날이면 오후에 만났다. 만날 때마다 우리는 어디를 갈지 정했다. 강변으로 가기도 했고, 시내 공원에 가기도 했다. 날씨가 좋을 때는 도시 남쪽에 있는 동물원에도 갔다. 나는 언제나 동물원에 가는 것을 좋아했다. 우리 안에 갇힌 동물들 때문이 아니다.―어렸을 때 나는 죄수처럼 우리에 갇혀 아무것도 할 수 없는 동물들이 자유롭게 살도록 언젠가는 모든 동물원 우리 문을 활짝 열겠노라 엄숙히 맹세했다. 그때 그 맹세를 지금도 똑똑히 기억한다.―우리 안 동물들을 보기 위해서가 아니라 종려나무와 동백나무가 늘어선 구불구불한 산책길과 정원이 좋아서이다. 그곳에서 만나는 사람들 때문이기도 하다. 소리 지르며 뛰어다니는 아이들, 아이들에게 간식을 먹이려고 쫓아다니는 노인들, 그리고 솔직히 무엇보다도 외지고 은밀한 어두컴컴한 구석에 앉아 있는 연인들을 보는 것이 좋았다.

그러니까 이제 나도 남자친구와 함께 그곳에 간 것이다. 우리는 산책길을 돌아다녔다. 서로를 좀 더 잘 알기 위해 연인들이 주고받는 그저 그런 평범한 이야기를 했을 뿐, 진정한 대화를 나누었다고는 할 수 없었다.

"프레데릭, 정말 그럴까요?" 내가 말했다. (이제 나는 그를 영어 이름으로 부르기 시작했다.) "연인들은 항상 물가로 가는 걸 좋아할까요?"

"어떻게 알아요?"

"나야 모르죠. 한 번도 연애해본 적이 없으니까요."

한참을 생각한 후 나는 다시 말했다.

"그 말이 사실인 것 같아요. 왜냐하면 물은 낭만적이니까요. 모든 사랑 이야기에는 바다든 강이든 꼭 물이 등장하죠. 하다못해 호수나 연못이라도 나오잖아요."

"수영장 물일 수도 있겠네요." 프레데릭이 농담했다.

차마 말은 못 했지만, 바로 그 순간 프레데릭이 나를 바닷가로 데려가 주었으면 좋겠다고 생각했다. 높은 빌딩과 차도와 자동차와 버스만 있는 서울이라는 이 큰 도시는 너무 메마르게 느껴졌기 때문이다.

아무튼 우리는 동물원을 거닐다가 긴꼬리원숭이들이 있는 울타리 앞까지 갔다. 비록 포로 상태였지만 그 원숭이들은 재미있게 놀면서, 서로 싸우기도 하고, 소리 지르기도 하고, 사랑도 하고, 상대방의 음식을 빼앗아 먹기도 했다. 인간들의 행위와 다르지 않았다. 저 원숭이들도 인간처럼 도시에서 살 수 있으리라!

나는 공원 한가운데로 걸어갔다. 프레데릭의 손을 잡고 싶었지만, 차마 그러지 못했다. 원숭이와 새들의 울음소리가 나무 위에서 울려 퍼졌다. 그 소리를 들으니 마치 꿈을 꾸는 느낌이었다. 현실에서 겪는 걱정 근심도, 고모나 못된 사촌 동생의 심술도 존재하지 않는 꿈속에서 그와 함께 걷고 있는 것 같았다.

우리는 프레데릭의 핸드폰으로 사진을 찍었다. 다른 사람들처럼 서로 뺨을 맞대고 찍는 바보 같은 셀카 사진들이었다. 그것이 왜 사랑한다는 표시인지는 모르겠지만, 나는 엄지와 검지로 v 자 모양의 작은 하트를 만들었다. 프레데릭은 사진에 작은 표시를 했다. 하트 모양과 구름을 그렸고 그 안에 '사랑'이라고 썼다. 다른 사진 한 장에는 너무도 예쁜 말을 써주었다. 이제껏 내게 그렇게 예쁜 말을 써준 사람은 아무도 없었다.

빛나, 나의 별!

엄마가 내게 해준 말이 생각났다. 외할아버지는 내가 외모뿐 아니라 내면으로도 항상 빛나기를 바라는 마음에서 그 이름을 지어주셨다고 한다.

우리는 공원 문이 닫힐 때까지 그곳에 머물렀다. 산책길에서 사람들 사이를 걸었고, 아이들 고함과 원숭이들 외침과 앵무새들 우는 소리를 들었다. 나는 오랜만에 처음으로 자유를 느꼈다. 내가 절대 할 수 없을 것 같았던 바보 같은 짓들도 했다. 철봉에 매달려 보기도 했고, 연못 주위를 막 뛰어다니기도 했다. 거미나 에드 쉬란, 혹은 누구 노래인지도 모르는 노래들을 목이 터져라 부르기도 했다. 아름다운 피아노곡이나 교향곡 혹은 슈베르트의 가곡을 좋아하는 프레데릭은 황당한 표정을 지었다. 나는 그런 그의 모습이 무척 재미있었다. 프레데릭은 언제나 조금 답답하고 어색했다. 청바지나 잠바를 입었을 때조차 양복을 입은 것처럼 경직된 모습이었다. 하지만 나는 그 남자의 그런 모습도 마음에 들었다. 나는 프레데릭이 향수나 헤어스프레이를 뿌리느라 온 시간을 허비하는 남자, 왕자병에 걸린 남자가 되는 것을 바라지 않았다. 다행히 프레데릭은 절대 그런 남자가 아니었기에 나를 안심시켰다. 그는 인생에서 자신이 뭘 원하는지 확실히 알았고, 자신

만만해 보였다. 그 점에서 나와는 정반대였다. 나는 당장 내일 일어날 일에 대해서조차 아무 생각이 없었다.

그 무렵 돈 문제로 신경 쓰이기 시작했던 것 같다. 처음에는 프레데릭이 항상 나를 초대했다. 식당에서도 카페에서도 늘 프레데릭이 돈을 냈다. 택시 값도 그가 계산했다. 한번은 그가 내게 물었다. 나는 약간 난처했다.

"빛나야, 대학 공부는 어떻게 하고 있어?"

나는 말했다.

"영어 과목이 재미있어."

그가 웃었다.

"아니, 내 말은, 경제적으로 말이야."

"뭐, 괜찮아. 돈 문제는 별로 없어."

나는 거짓말을 했다.

"우리 집은 그리 부자는 아니지만, 내가 공부하는 데는 별지장 없어. 아르바이트로 생활비를 좀 보태고 있지."

매일 김치만 먹고 사는 걸 그에게 알리고 싶지 않았다. 무엇보다 내가 사는 동네를 보여주고 싶지 않았다. 그래서 대충 얼버무리면서 말했다.

"홍대 앞에 있는 기숙사 작은 방을 쓰고 있어. 호사스럽진 않지만 편리해."

"다른 학생과 같이 쓰는 게 아니고?"

"아니, 같이 쓰는 건 정말 싫어. 여자애들이 너무 더럽고 코 고는 애들도 있거든."

그 무렵 나는 프레데릭을 속이기 위해 내 삶을 꾸며대기 시작했다. 그 남자는 아주 규칙적인 삶을 살고 있었다. 좋은 동네에서 부모님과 함께 살았고, 종로의 서점에서 책 파는 아르바이트를 하면서 경제학과 대학원 입학시험 준비를 하고 있었다. 조만간 자동차도 살 계획이다. 부모님의 대학 졸업선물이라고 한다.

그래서 나는 그 남자가 나에 대해 상상하는 여자, 아버지는 공무원이고 어머니는 사립 중학교 교사인 부르주아 가정의 딸이 되어야 했다. 절대로 전라도 어촌 마을에서 고기잡이하는 집안의 딸이어서는 안 되었다. 그래도 이북에서 넘어온 우리 할머니 이야기는 했다. 전쟁 중 남편을 잃고 부산으로 피난 갔던 우리 할머니 이야기 말이다.

그 이야기는 거짓이 아니었다. 게다가 내가 살로메에게 해준 조씨 이야기의 후편이기도 했다. 그 이야길 들으면 살로메의 가슴이 콩콩 뛸까, 아니면 잠에 취해 눈꺼풀이 내려앉을까?

이처럼 우리 관계에는 약간 이상한 점이 있었다. 우리는 자신의 실제 삶에 관해서는 절대 이야기하지 않았다. 사실 나는 그에 대해 아무것도 몰랐다. 우리가 헤어질 때면 그는 택시를 잡아 내가 거짓으로 우리 동네라고 말했던 홍대 앞에 나를 내려준 다음, 계속 그 택시를 타고 갔다. 그는 내 앞에서 택시 운전사에게 자기 집 주소를 말한 적이 없다. 한 번은 그를 놀리려고, 또 정말로 궁금하기도 해서, 이렇게 말했다. 여자들은 항상 지나치리만큼 꼬치꼬치 캐묻는 경향이 있으니까.

"너희 집에 날 데려가 줘. 너희 동네를 보고 싶어."

그가 당황한 기색이 역력했다.

"그건 좋은 생각이 아닌데. 우리 집은 멀어. 게다가 너랑 같이 있는 걸 사람들이 볼 수도 있고."

이 대답에 나는 자존심이 상하고 기분이 나빴다. 그가 변명하려 애쓰는 것을 보니, 눈치챈 모양이다.

"우리 부모님 때문이야. 동네에 아는 사람이 많거든. 알잖아. 그런 동네에서는 아무리 조그만 일이라도 이야깃거리가 생기면 금방 수군대기 마련이거든."

그 변명은 그다지 마음에 들지 않았다. 나는 그 남자가 소중한 자기 부모님께 나를 소개해 주기를 바랐다. 물론 자기 집에 가자고 했어도 나는 거절했을 테지만 말이다. 그러나 나는 그 문제를 더는 거론하고 싶지 않았다.

"좋아, 좋아. 해명할 필요 없어. 다 이해하니까."

나도 내 가족 이야기를 한 번도 한 적이 없다. 그저 딱 한 번 전라도라고 말했을 뿐이다. 고모나 사촌 동생 백화 이야기도 전혀 하지 않았다. 언제고 그가 그 사람들을 만날 수 있다는 생각조차 하기 싫었다. 그들과 함께 살았던 아파트는 마치 전갈 소굴 같았다.

프레데릭과 나는 데이트를 계속했다. 우리는 도시를 가로지르며 많이 돌아다녔다. 그는 건축물을 좋아했다. 우리는 산 밑에 있는 오래된 절들을 보러 다녔고 박물관에도 갔다. 나는 건축에 별로 관심이 없었지만, 낡은 기와지붕 돌출부와 배열에 관한 그의 설명을 열심히 들었다. 도시 산책을 마친 후 우리는 홍대나 신촌의 카페로 갔다. 프레데릭이 담배를 피우기 때문에 테라스가 있는 카페여야 했다. 나는 그와 함께 하려고 끊었던 담배를 다시 피웠다. 우리는 민트 향이 나는 담배를 샀다. 담배 속에서 민트 향이 새어 나오게 하려면 엄지와 검지로 담배를 눌러야 했다.

우리는 굉장히 진한 커피를 마셨다. 내게 커피와 담배는 그 남자를 상징했다. 그의 눈과 피부색 때문만이 아니라, 어딘지 모르게 우울하고 슬픈 구석이 있었기 때문이다. 나는 그 남자의 그런 면에 매혹되었다. 우리는 카페 테라스에 앉아 있곤 했다. 동네에 사는 학생들이 오가며 우리를 쳐다보건 말 건 신경 쓰지 않았다. 말은 별로 하지 않고 커피를 홀짝홀짝 마시면서 담배를 피웠다. 나는 그 남자와 좀 더 친한 척하고 싶었지만, 그는 원치 않았다. 아마도 다른 사람이 볼까 봐 두려웠기 때문일 것이다. 마찬가지로, 우리는 훨씬 더 가까워졌는데도—우리는 공개적으로 공원이나 강가 벤치에서 데이트를 하곤 했다.—프레데릭은 손잡고 다니는 것을 거부했다. 감정을 밖으로 표현하면 절대 안 되었다. 그것이 프레데릭이 생각하는 커플의 모습이었다. "우리가 연애하는 것을 다른 사람들이 알 필요는 없잖아."라고 했다.

게다가 우리가 만나는 시간을 정하는 것도 항상 그 남자였다.

"내일은 안 돼. 모레도. 바빠."라고 말하곤 했다.

"만일 내가 그 날밖에 시간이 안 되면?"

그는 태연하게 나를 바라보았다.

"그럼 끝이지 뭐."

항상 내가 양보하고 시간표를 변경해야 했다. 그러다 보니 세미나를 몇 번 빠지게 되어, 거기서 나오는 수입이 끊어질 뻔도 했다.

그는 한 번도 자기가 거절하는 이유를 설명해준 적이 없었다. 그에게는 일이 있었으니까. 물론 나도 일을 했지만, 내 일은 그 남자의 일과는 성격이 달랐다. 나는 팀에 대한 의무가 없었다. 회계 정리를 할 필요도 없었고, 도서 목록 작성에 참여할 필요도 없었다. 언젠가 그는 내게 말했다.

"난 경험 삼아 이 일을 하는 거야. 내 목표는 재정 업무를 맡는 거야. 삼성이나 LG나 현대 같은 대기업에 들어갈 거야. 내 인생을 책들과 씨름하면서 보내고 싶진 않아."

그 말에 나는 약간 놀랐다. 왜냐하면 내게는 책과 함께 일생을 보내는 것보다 더 멋진 일은 없을 것 같았기 때문이다.

몇 주 동안이나 살로메를 내버려 두었다. 그녀는 내 핸드폰에 문자를 보냈다. 우선은 아주 가벼운 내용이었다. *나는 조한수 씨와 비둘기 이야기가 듣고 싶어요. 아니면 키티 이야기도 좋아요..* 그러다가 점점 더 절망적인 문자를 보내왔다. *당신의 친구 김세리를 잊지 말아줘요. 그녀는 죽어가요. 이야기를 해주세요. 그 이야기를 들으면서 영원히 잠들 수 있도록!*

프레데릭과 데이트하는 데는 돈이 많이 들었다. 돈이 필요했다. 게다가 원룸 주인은 3개월 치 방값이 밀렸다고 통보해

왔다. 살로메에게 가기 전에는 그녀가 준 돈을 쓰지 않겠다는 나의 훌륭한 원칙에도 불구하고, 밥값이며 데이트 비용을 치르느라 슬픔에 젖은 여인이 그려진 지폐를 다 써버리고 말았다. 이제 나는 초조해졌다. 5만 원짜리 지폐에 그려진 그 부인의 운명에 대해서, 아니 그 누구에 대해서도 동정할 처지가 아니었다. 이 거대한 도시에서의 삶은 영어 수업을 같이 듣던 친구와 함께 방문한 적 있는 보육원 아이들의 삶과 유사했다. 수십 명의 아기가 시장에 나온 물건들처럼 팔려가기만 기다리고 있었다. 자식 없는 부유한 부부는 다운증후군에 걸린 아이나 마약중독자의 아이를 고르지 않도록 무척 신경 쓸 것이다.

　나는 살로메의 문자에 답을 했다. 그리고는 프레데릭 박과 약속이 없는 날을 골라 강남으로 갔다.

살로메에게 해준 세 번째 이야기

2016년 7월

　보육원의 커다란 방에는 신생아들이 누워 있다. 아기들은 요람에 담겨 있다. 지금은 모두 잠들었다. 아무도 움직이지 않는다. 아기들 입김 때문에 창문에는 김이 약간 서려 있다. 그 창문 안쪽에 놓인 의자에서 간호사인 한나는 설핏 잠이 들었다. 창살이 있는 창문에 푸르스름한 불빛이 비치는 것으로 보아 밖은 아직 캄캄하다. 하지만 커다란 신생아실에는 환하게 불이 켜져 있다. 형광등 열두 개 정도가, 그중 몇 개는 수명이 다해 깜빡거리지만, 창백한 하얀 불빛을 내뿜고 있다.

　2009년 7월의 어느 날 아침, 나오미가 이곳에 왔다. 나오미를 발견한 사람은 한나였다. '선한목자보육원'에 일하러 오던 중이었다. 아침 6시부터 일하기 때문에 한나는 이른 새벽에 지하철을 타고 홍대 앞에서 내린 후, 언덕 위로 난 좁은 골목길을 올라갔다. 그 시간에는 사람이 거의 없어 거리는 텅 비어 있었다. 하지만 흥청망청 놀기 좋아하는 젊은이들이 거리에서 밤을 지새운 후 아무렇게나

버린 상자와 병들이 여기저기에 쌓여 있어 길거리는 엉망이었다. 처음에는 그런 상황을 참을 수 없어, 망할 놈들 같으니, 개나 고양이처럼 사는군, 이놈들은 법도 없나! 라며 막 욕을 해댔지만 이제는 한나도 이런 것들에 익숙해졌다. 보육원 문 앞에 이르렀을 때, 한나 눈에 들어온 것은 바닥에 놓인 포대기였다. 한나는 그 포대기를 발로 차서 도랑으로 밀어버리려고 했다. 그런데 바로 그 순간, 포대기가 꿈틀대더니 그 안에서 작은 울음소리가 들렸다. 마치 어미 배에서 나온 고양이 새끼들의 울음소리 같았다. 한나는 몸을 숙여 손끝으로 조심스럽게 포대기를 들춰보았다. 혹여 그 안에 있는 게 동물이라면 할퀴거나 물수도 있기 때문이었다. 하지만 아기가 포대기에 싸여 있었다. 살결이 분홍빛인 아주 작은 아기였다. 눈은 감고 있었고, 숱이 많은 머리는 새카맸다. 나오미였다.

물론 그때는 아직 나오미라고 부르지 않았다. 그 이름은 한나가 붙여 주었다. 한나는 결혼하지 않아 아이가 없었다. 하지만 아이가 생긴다면 그 아이는 딸일 것이고, 나오미라 부르겠다고 늘 생각했었다.

나오미가 보육원에 도착한 지 한 달이 되었다. 이제 아기는 눈을 떴다. 나오미는 다른 아기 스물여섯 명과 함께 신생아실 한가운데 있는 요람에 담겨 있다. 보육원 직원들은 그 아이가 제일 예쁘다고 한다. 한나도 그렇게 생각한다. 아이들 나이는 다양하다. 이곳에 온 지 여섯 달 된 아이들도 있고, 나오미보다 늦게 온 아이들도 있다. 여자아이들도 있고 남자아이들도 있다. 장애가 있는 아이들도 있다. 아무리 어려도 장애가 있는지는 금방 알 수 있다. 아이들은 모두 여러 이유로 엄마에게 버림받았다. 대부분의 경우 엄마 역시 아직 아이에 불과할 정도로 어려 아기를 돌볼 수 없을 뿐 아니라, 무엇보다도 결혼하지 않고 아이를 낳았다는 수치를 감당할 수 없었기 때문이다. 매일같이 아이를 입양하고 싶은 부모들이 보육원을 찾는다. 그들은 아이에게 가까이 다가갈 수 없다. 신생아실의 커다란 창문 뒤에 서서, 아이들이 누워 있는 요람을 바라보고 아이들 울음소리를 들을 수 있을 뿐이다. 어쩌면 그들은 아이들이 누워 있는 작은 침대를 바라보고 아이들 울음소리를 들으면서, 또 자라서 어떤 모습이 될까 상상하면서, 그 아이 중 하나가 자기들에게 데려가 달라는 신호를 보내기를 바랄지도 모른다. 한나는 입양을 원하는 부모들이 그 아이를 보지 않기를, 그 아이의 울음소리를 듣지 않기를, 그 아이의 분홍빛 살결과 예쁜 검은 머리칼에 미혹되지 않기를 간절히 바랐다. 그래서 나오미를 신생아실 한가운데 놓았다. 창문에서 가장 먼 곳이었다.

나오미는 무엇을 볼까? 그 아이는 아직 목을 가누지 못한다. 차가운 시트로 덮인 요 위에 놓인 머리가 너무 무겁기 때문이다. 하지만 눈을 크게 뜨고 머리 위로 지나가는 눈부신 햇살을 본다. 소용돌이치듯 끊임없이 움직이면서 때로는 아무것도 안 보이게 하는 아주 밝은 햇살을. 신생아실에서 펄럭거리기도 하고, 공기 중에 맺혀 있는 수많은 미세한 물방울로 인해 반짝거리기도 하는, 얇은 망사나 베일 같은 햇살을. 하지만 나오미만이 그런 것들을 볼 수 있다. 나오미는 자기 옆에 다른 아이들이 있는 것도 안다. 방 안에는 아이들이 많다. 하지만 아이들이 많고 적고는 나오미에게 하나도 중요하지 않다. 그저 아이들의 울음소리, 칭얼대는 소리, 숨을 내쉬는 소리, 땀 냄새, 오줌 냄새, 젖병을 빠는 아이들의 시큼한 냄새, 천장과 벽과 보이지 않는 바닥에까지 자국을 남기는 이상한 냄새, 이 모든 것을 느낄 뿐이다. 물결 같기도 하고 고함 같기도 한 무엇인가가 밀려오는 것도 느낀다. 하지만 그런 것들은 아무것도 아니다. 그것들은 그저 왔다 갔다 하면서 나오미가 있는 방을 가로지르고, 나오미의 몸 위로, 다부진 얼굴 위로, 배 위로, 손과 발밑으로 미끄러지듯 스쳐 갈 뿐이다. 아마도 밀려오는 파도와 같으리라. 나오미는 주변에 아이들이 있음을 느낀다. 그들이 울음을 그치고 더는 칭얼거리지 않을 때도, 피곤해서 잠에 곯아떨어졌을 때도, 그래서 사람들에게 잊힐 때도, 나오미는 그들이 있는 것을 안다. 몸에서 느껴지는 진동 같은 것이 아이에게 말해 주었다. 자신이 여자아이임을, 어떤 여인의 딸임을, 오늘부터 이 세상에 던져졌음을, 그리고 이제부터 목숨이 붙어 있는 한, 죽는 날까지, 그렇다, 끝까지, 마지막 순간까지, 한순간도 이 세상을 떠나지 않을 것임을.

나오미, 아가야, 내 말 좀 들어봐, 웃어보렴, 내가 너를 돌봐줄게, 아가.

한나는 침대 위로 몸을 숙이고 나오미의 눈을 뚫어지게 바라본다. 나오미의 눈은 굉장히 크고 굉장히 까맣다. 흰자위는 아직 푸른색이다. 해가 뜨기 전의 푸르스름한 색과 같다.

예쁜 아가야, 너는 어디서 왔니? 기억하니? 언젠가 내게 이야기해 주겠니? 누가 이 세상에 너를 던져놓았는지, 옷도 아니고 이불도 아닌 낡았지만 깨끗한 포대기에 싸서 선한목자보육원 앞에 너를 버리고 갔는지? 벚꽃 꽃가루가 네 입술 위로 흩날리고, 공원에서 자라는 시큼한 풀냄새가 풍겨오던 어느 날, 아직은 쌀쌀하던 초봄 아침 새벽에 누가 너를 보육원 문 앞에 놔두었는지? 맑은 하늘 위로 시베리아에서 출발한 두루미 한 무리가 바다를 건너 일본까지 가는 것을 너는 보았니? 두루미들은 제일 나이 먹은 새를 선두로 하여 완벽한 대형을 갖추고 천천히 편대비행을 한단다. 그러니까 너는 그 새들의 울음소리를 들을 수 있었을 거야. 무슨 말인지는 알 수 없지만 두루미 울음소리는 온 도시에, 신촌이나 홍대 앞 작은 골목 구석구석까지, 잿빛 건물 밑, 네 보금자리까지 들린단다. 예쁜 우리 아가 나오미야, 기억하니? 네 인생 최초의 순간들이란다. 그걸 잊어버릴 수는 없지. 너는 다른 아이들과 달리 병원에서 태어나지 않았단다. 도시 어딘가에서 태어났어. 공원에서 태어났을 수도 있고, 아니면 상자들이 즐비하고 빨래가 널려 있는 어느 집 옥상에서 태어났을 수도 있어. 네 엄마가 너를 낳을 때 너도 엄마도 함께 울음을 터뜨렸겠지. 그리고 나서 이곳 보육원 문 앞에 왔단다. 그래서 나, 한나는 너를 발견했고 너는 내 아기가 되었지.

하지만 나오미는 아무것도 듣지 못한다. 나오미는 아직 다른 세상, 태어나기 전 세상, 태어나면서 빼앗겨 버린 세상에 있다. 인간의 탯줄과 사지와 성기가 한데 뭉쳐 있는 세상. 그 세상은 너무 넓고 너무 생소하여 인간의 정신으로는 도무지 감지할 수 없는 세상이다. 정신은 그저 육신의 한 조각에 불과하기 때문이다. 하지만 출생 후에도 여전히 얼마 동안, 며칠 동안, 몇 주 동안은 이전 세상의 시간과 공간에 살고 있지 않은가. 그러니 아주 작은 구멍으로도 무한한 세계의 시작을 볼 수 있는 것처럼, 아기들은 머리로는 감지하지 못하더라도 본능적으로 잃어버린 그 세상을 기억하리라.

내 말을 들어봐. 네가 이 세상에서 처음 들은 목소리란다. 너를 보육원 문 앞에 놓고 간 사람들은 아무 말도 하지 않았으니까. 언제고 네가 그 순간을 기억할까 봐, 그들의 목소리를 기억하고서, "나쁜 사람들, 무슨 짓을 한 건가요?"라고 소리칠까 봐 겁이 났거든. 내 말을 들어봐. 나는 너를 보자마자 내 팔로 안았단다. 나는 이미 늙었어. 내 배는 한 번도 아이를 가져 보지 못한 채 말라비틀어져 불임이 되었고, 가슴은 낡고 주름진 가죽 부대처럼 축 늘어졌지. 내 말 들리니? 내 팔로 너를 안고 노래를 부르면서 흔들어 재웠단다. 내가 태어났을 때 우리 엄마가 불러주던 노래를 불렀지. 그 노래가 기억나는구나. 우리가 남쪽 고향을 떠나 이 큰 도시에 왔을 때, 길을 잃고 헤맬까봐 두려워 엄마한테 불러달라고 졸랐던 그 노래가.

섬집 아기

노랫말 없이 그저 루 룰루 룰루 루루, 룰 루 루루, 루 룰루 룰루 루루, 룰 루 룰 루루, 루… 하는 소리를 내면서 불렀단다. 지붕 위 비둘기들의 구구 울음소리와 비슷한 소리를 내려고 입을 오므리고 조용히 불렀지. 추운 거리에, 이른 봄 차가운 바람 속에, 공원 풀 냄새 속에, 흩날리는 벚꽃 꽃가루 속에, 그날 아침 내린 빗방울의 가벼운 스침 속에, 이미 누군가 있었음을, 너 혼자가 아니었음을 네가 알았으면 해서야. 그리고 그것을 기억하길 바랐기 때문이란다.

그렇게 들어온 나오미는 보육원의 커다란 신생아실로 옮겨졌다.

타일 바닥 위로 새로운 침대가 들어왔다. 네 귀퉁이에 천막을 치고, 북 가죽처럼 팽팽하게 시트를 씌운 딱딱한 매트리스가 깔린 침대였다. 사람들은 나오미를 침대에 눕혔다. 나오미가 울기 시작하자 방 안 아기들이 일제히 울어댔다. 나오미는 갑자기 사람들 목소리를 들었다. 그 소리는 무서웠다. 하지만 그것은 모험의 시작을 알리는 소리였다. 너무 어려서 엄마가 되는 바람에 절망에 빠진 미혼모에게, 도망갔거나 겁 많은 아빠에게, 이기적이고 비열

한 가족에게, 제도에, 법에, 관습에 버려진 아기들 소리였다. 게걸스럽고 사나운 동물과 다르지 않은 아기들, 그들은 벌써 신경을 집중하고 있는 힘을 다해 사지를 움직이면서 살고자 발버둥 친다.

살로메는 이 이야기를 별로 좋아하지 않았다. 자기 취향에 맞게 그 이야기가 이어지기를 기대했다. 어쩌면 그 이야기가 자기 이야기를 떠올리게 했기 때문인지도 모른다. 살로메의 부모는 그녀를 버렸다. 어마어마한 재산을 남긴 후, 조상들을 만나러 가려고 음독자살했던 것이다.

"아기들에 대해 아무것도 모를 수가 있나요? 어쨌든 그 아기들은 엄마한테서 나온 거잖아요? 엄마가 왜 아기를 버리죠? 아이들은 어떻게 되라고?"

"그 아이들이 어떻게 될지 알고 싶지요?" 갑자기 내가 그녀에 대해 어떤 권력을 가지게 되었음을 깨달았다. 프레데릭이 나에 대해 권력을 가진 것처럼 말이다. 그런 느낌이 들자 기분이 좋았다. 하지만 그것은 상당히 위험한 감정이었다. 짓궂고 고약한 짓을 하고 싶은 유혹에 빠지게 했기 때문이다. 그녀에 대한 내 권력을 확인하고 싶어, 이렇게 덧붙여 말하기까지 했다.

"내 이야기가 마음에 들지 않으면, 여기서 멈추어도 괜찮아요."

살로메는 머리를 숙였다. 그녀에게는 나만이 외부 세계와 연결되는 유일한 끈이었다. 나만이 그녀와 인간적인 유대관계를 맺었다. 그러니까 그녀에게 이야기를 해주는 것은 기저귀를 갈고 샤워를 시키고 음식을 먹이고 잠자리를 돌보는 간병인이나 간호사의 일상적인 움직임과는 차원이 다른 것이었다. 그녀가 중얼거렸다.

"아니에요, 제발, 그냥 있어 줘요. 그냥 당신이 하고 싶은 이야기를 해줘요."

그래서 나는 나오미 이야기를 계속했다.

나오미는 차가운 침대에 누워 대부분 시간을 조용히 보냈다. 한 아기가 울기 시작하면 둘, 셋, 열, 결국 방 안의 모든 아이가 따라 울었다. 주먹만 한 얼굴이 검붉어질 때까지 아이들은 목이 터지라 날카롭게 울어댔다. 그러면 간호사들이 달려왔다. 긴 복도를 한걸음에 뛰어왔지만, 그들이 할 수 있는 건 아무것도 없었다. 아기들을 하나하나 돌아보면서 기저귀가 젖었는지 만져보기도 하고, 혹시 침대 위에 뾰족한 것이라도 떨어져 있는 것은 아닌지 살펴보기도 했다. 그런 다음에는 귀를 막아버렸다. 안 그러면 미쳐버릴 것 같았기 때문이다.

온 방 안에 울려 퍼지는 울음의 근원지가 나오미라는 사실을 아는 사람은 아무도 없었다. 주위가 온통 조용할 때면, 두려움이 밀려왔다. 물에 빠진 어린 고양이처럼 버림받은 아기들의 공포였다. 캄캄한 밤에는 그렇지 않았다. 하지만 보육원에는 밤이 없다. 바닥에 설치된 비상등에서 약한 불빛이 늘 새어 나왔기 때문이다.

그럴 때면 나오미는 울음을 터뜨렸다. 날카롭고 심술궂은 울음소리, 도와달라는 부탁, 아니 그것은 분노의 외침이었다. 그러면 방 안 아이들이 모두 깨어나 돌아가며 울기 시작했다. 보모들과 간호사들, 심지어는 산파들이 달려올 때까지 아기들은 울음을 멈추지 않았다.

하지만 한나는 알았다. 본능적으로 그게 나오미임을 알아차렸다. 이른 아침 보육원 앞에 버려진 나오미를 발견하면서 그 아이 울음소리를 처음 들은 사람이 바로 한나였기 때문인지도 모른다. 그래도 한나는 나오미를 저버리지 않았다. 나오미를 이해했다. 나오미는 그녀의 아기였다. 다른 누구의 아이도 될 수 없었다. 얼굴에 분을 잔뜩 바른 외부인이 와서 강남의 호화저택이나 한강 변의 근사한 아파트로 나오미를 데려가는 것을 참을 수 없었다. 그래서 한나는 나오미가 정상적인 아이가 아니라고, 귀가 먹었다고 말하고 다녔다. 몽고증 환자라거나 신경발작을 일으킨다고 소문내기도 했다. 입양을 원하는 부모들이 창문으로 아기들을 보다가, 종종 나오미의 요람에 관심을 보이곤 했다. 멀리서도 분홍빛 피부와 숱 많은 머리칼이 보였기 때문이다. 그럴 때면 한나가 끼어들었다. "저 아이는 다른 애들과 좀 다르다는 건 아시죠? 입양사무실에서 그런 이야기 듣지 않으셨나요?" 그래도 부모들이 "사랑이 많이 필요한 아이라서 그럴 테니 더 많이 사랑해주면 되겠죠."라면서 고집을 부릴 때면, 한나는 "저 아이는 말도 못 하고, 웃지도 않을 거예요. 게다가 시력이 정상인지도 확신할 수 없답니다. 감각에 문제가 좀 있는 아이인 것 같아요."라고 응수했다. 이렇게 한나는 나오미를 입양하려는 부모들을 계속 물리쳤다. 그러던 어느 날, 보육원

관계자들은 더는 나오미를 데리고 있을 수 없다는 결론에 이르렀다. 그 아이 때문에 다른 아이들이 잘 입양되지 않는 등, 너무 많은 문제가 생겼기 때문이다. 이 아이를 어떻게 해야 하나? 장애아를 위한 국가 기관에 맡겨야 한다는 의견이 있었다. 한나는 치밀하게 준비했다. 고향에 계신 어머니를 돌보러 머지않아 보육원을 떠나야 할 것 같다고 사람들에게 말하고 다녔다. 보육원을 그만두기 며칠 전부터 일부러 새벽 한 시부터 여섯 시까지 밤 당번을 섰다. 그리고는 며칠 동안 나오미에게 필요한 물품들을 준비했다. 그날 밤 나오미는 한바탕 소동을 피우기로 했다. 몇 시간 동안은 조용히 있었다. 당번 간호사들은 모두 텔레비전 앞 의자에 앉아 졸고 있었다. 정확하게 다섯 시 반이 되었을 때 나오미는 그 어느 때보다도 날카롭고 맹렬하게 울어댔다. 한바탕 소동이 벌어졌다. 아기들이 모두 깨어 울어대며 합창했고, 그 소리를 멈추기 위해 여기저기에서 사람들이 잠에 취한 눈을 비비며 뛰어왔다. 그 혼란을 틈타 한나는 나오미를 이불로 싼 후 몰래 빠져나왔다. 보육원 문을 열고 밖으로 나오니 불을 켠 채 기다리는 검은 택시가 보였다. 한나는 너무나 기뻤다. 택시 문을 열고 뒷좌석에 앉았다. 그리고 조그만 나오미를 팔에 꼭 안았다. "어디로 갈까요?" 택시 운전사가 물었다. 한나는 그저 "똑바로요."라고만 대답했다. 택시가 출발하자 한나는 의자 등받이에 몸을 기대고 편히 앉아 이불 조각을 살짝 들추었다. 새벽의 희미한 불빛 때문에 확신할 수는 없었지만, 분명 나오미가 웃고 있는 것 같았다.

조 씨와 비둘기 이야기 후편

2016년 7월 말

군대식이라 할 만큼 고된 훈련이었다. 매일 아침 새벽이면 조 씨는 비둘기 새장 두세 개를 리어카에 실었다. 그는 세심하게 훈련장을 골랐다. 우선 강에서 가까운 곳이라야 했다. 그래야 비둘기들이 작은 섬이나 교각에서 멈추지 않고 단번에 강을 건너는 훈련을 할 수 있기 때문이다. 해 뜨는 아침, 거대한 강은 구름 아래 모습을 드러내는 구불구불한 뱀처럼 보였다. 바다에서 시작된 안개가 강어귀까지 올라왔다. 인천 쪽에서 비둘기들은 넓게 펼쳐진 붉은 풀밭 위를 날아가는 것을 배웠다. 조수가 밀려올 때면 바닷물이 그 풀들을 천천히 집어삼키는 넓은 갯벌이었다.

조 씨는 흑룡 발목에 동그랗게 만 메모지를 매달았다. 거기에는 조 씨만이 그 의미를 알 수 있는 단어들이 하나씩 쓰여 있었다.

바다
　　섬
　　　바다
　　날개
귀환

　다이아몬드의 오른쪽 발목에는 사랑이 담뿍 담긴 정거
운 단어들을 쓴 메모지를 매달았다.

　무한
　　오랫동안
　포옹

　아내 이름 한선희도 적어 넣었다. 조 씨는 종종 아내 생
각을 한다. 아내는 오래전 강 건너편에 있는 강화도에서
죽었다. 조 씨가 아직 경찰일 때였다. 그의 수입이 충분치
않았기 때문에, 아내는 사우나에서 때밀이 일을 하면서
마을 여자들 몸을 마사지하거나 때를 밀곤 했다.
　조 씨가 비둘기와 모험하기 시작한 것은 아내를 위한
것이기도 했다. 언젠가 조 씨가 아내의 할머니에 관해 물

어보았을 때, 아내는 "고향으로 돌아가려면 새가 되어야 겠지요."라고 대답했다. 그는 그 말을 기억한다. 물론이다. 감시탑과 철조망은 땅에 사는 동물과 인간을 저지할 뿐이다. 새와 곤충, 어쩌면 뱀이나 개구리도 휴전선을 넘는다고 체포되지 않는다. 한선희가 저축한 돈으로 그들은 그 많은 비둘기를 기를 수 있었다. 조 씨는 아내가 자신의 꿈에 동참하기를 바랐다. 언젠가 휴전선 너머 가족에게 메시지를 보낼 수 있다는 것을 아내에게 보여주고 싶었다. 하지만 아내는 그 꿈이 실현되기 전에 죽었다.

넓은 강 위를 날 수 있는지 시험한 후, 조 씨는 비둘기들이 산도 넘을 수 있어야 한다고 생각했다. 휴전선 너머 저쪽에는 눈이 덮인 높은 산들이 많기 때문이다. 뾰족한 산봉우리들도 있고 깊은 계곡들도 있다. 그 누구든, 잘 날 줄 모른다면 그런 장애물을 넘을 수 없을 것이다. 첫 훈련을 위해 조 씨는 비둘기들을 북한산 꼭대기로 데려 갔다. 리어카를 끌고 가면 너무 숨이 차고 힘들 것이 뻔했기에—조 씨가 시장에서 채소와 과일을 팔며 시내 곳곳에 배달하던 시절에 쓰던 리어카였다.—택시를 이용하는 편이 낫겠다고 생각했다. 그는 갈 때는 아침 일찍, 그리고 돌아올 때는 밤늦게 이용하기로 하고 택시 요금을 흥정했다. 택시 운전사 이 씨는 조 씨처럼 전직 경찰이었다. 서로 신뢰하는 사이였기에 합리적으로 요금을 흥정할 수 있었다. 다만 이 씨는 차 안에서 비둘기 냄새가 나거나 새 털이 날리지 않도록, 비둘기들을 트렁크에 실어야 한다고 고집을 부렸다. 트렁크 문을 완전히 닫지는 않는다는 조건으로 말이다. 조 씨는 망설임 없이 그 조건을 받아들였다. 그는 말했다. "비둘기들은 추위를 타지 않거든요. 오히려 바람이 좀 불면 저놈들에게는 더 나을 겁니다." 이번에는 새들이 산에서 길을 잃을 경우, 동네 주민이 발견할 것을 대비해서 보다 명확한 메시지를 준비했다. 대충 이런 메시지였다.

안녕! 내 이름은 흑룡입니다. 나는 우리 주인인 조 씨 아저씨에게 반드시 다시 돌려주어야 할 메시지를 가지고 있습니다.

그다음에는 주소를 써넣었다. 딸 전화번호를 첨부할 수도 있었을 것이다. 하지만 자기 번호가 모르는 사람 손에 넘어가는 것에 딸이 동의하지 않을까 봐 걱정되었다. 자신의 못 말리는 행동을 딸이 비웃을까 봐 걱정되기도 했다.

아무튼 사월 어느 이른 아침, 이 씨의 택시는 조 씨를 산꼭대기에 내려주었다. 바람이 찼다. 하지만 안개가 걷힌 하늘은 구름 한 점 없이 파랗게 빛나고 있었다.

"이리 와라, 아기들아." 조 씨는 비둘기 한 쌍에게 말했다. "이 나라에서 가장 맑은 공기 속을 날아다니게 될 게다. 여기는 도심에서 아주 먼 곳이란다." 조 씨는 비둘기들이 서서히 적응할 수 있도록 우선 새장 문을 조금 열었다. 그리고 비둘기들을 안심시키려고 목구멍 깊숙한 곳으로부터 구구 소리를 냈다. 조 씨는 우선 다이아몬드를 꺼낸 후 두 손으로 감싸 안고 새 부리에 가볍게 숨결을 불어넣었다. 암비둘기는 빨리 나가려고 약간 발버둥을 쳤다. 달콤한 대기의 향기와 태양 빛을 받은 소나무 향기를, 그리고 돌멩이들 사이에서 피어난 두툼한 풀들의 향기를 맡았기 때문이다. 어쩌면 새들만이 느낄 수 있는 눈의 향기, 그 잔잔한 향기도 맡았는지 모른다. 잠시 후 조씨는 경치가 한눈에 보이는 언덕으로 걸어갔다. 그리고는 하늘을 향해 다이아몬드를 날려 보냈다. 조 씨는 다이아몬드가 떠오르는 태양을 향해 아주 높이까지 날아오른 후 나무들 위에서 방향을 틀어 돌아오는 것을 바라보았다. 아무런 움직임도 없던 공기 중에 암비둘기 날갯짓 소리가 울려 퍼졌다. 곧이어 조 씨는 흑룡을 날려 보냈다. 흑룡은 서둘러 날갯짓을 하면서 수직으로 날아올라 짝과 합류했다.

두 마리 비둘기는 공중에서 다시 만났다. 서로 번갈아 가면서 빙빙 돌았다. 하도 빨리 도는 바람에 조 씨는 비둘기들이 바위에 부딪힐까 봐 한순간 겁이 나기도 했다. 조 씨는 눈을 감았다. 번개와 바람을 동반한 태풍처럼, 밑으로 보이는 산을 돌기도 하고, 하얀 구름과 잿빛 구름의 흐름을 따라가기도 하면서 비둘기들이 느끼는 것을 조금이라도 더 잘 느끼기 위해서였다.

살로메도 눈을 감는다. 그녀는 내게 손을 내밀었고 나는 그 손을 꼭 잡아주었다. 마치 손의 감촉을 통해 산꼭대기의 공기를 맛보게 하고, 소나무숲에 부는 바람 소리를 듣게 하고, 비둘기들의 날갯짓을 느끼게 할 수 있는 것처럼 말이다.

그녀는 부르르 떤다. 그녀의 병은 신경의 말단까지 예민하게 반응하기 때문이다. 그래서 아주 작은 자극만으로도 몸의 온 세포가 부르르 떤다. 의사인 내 친구 유리가 처음으로 CRPS, 즉 '복합부위통증증후군'이라는 병에 대해 말해주었다. "병이 어느 정도 진행되면, 극도로 미세한 감각작용도 견디기 어려울 만큼 고통스럽게 느낄 수 있어. 진통제를 맞아야만 진정되지." 유리는 의사다운 냉정함을 잃지 않고 그 이야기를 했다. 하지만, 여기, 커튼으로 빛을 다 가린 이 방에서, 침묵에 짓눌린 이 방에서, 나는 살로메와 느낌을 공유하고 있다는 생각이 든다. 그녀의 피에서, 몸에서 그리고 머리 뿌리에서까지 느껴지는 전자파 같은 것을 나도 느낀다. 나는 중얼거린다. "미안해요, 살로메. 당신을 아프게 하고 싶었던 것이 아니에요. 그만 듣고 싶으면 그냥 갈게요." 살로메는 아무 대답도 하지 않는다. 하지만 그녀의 손이 움츠러든다. 그리고 손톱이 흰 손가락이 나를 꽉 움켜잡고 놓지 않는다. 그녀의 얇은 입술은 새파래진다.

전자파는 얼마 동안 지속된다. 그러다가 점점 약해진다. 전자파는 살로메의 몸에서 빠져나간다. 나는 갑자기 피로가, 고통을 대신하는 무력감 같은 것이 몰려옴을 느낀다.

자, 이제 내 이야기를 할 때가 되었다. 이것은 지어낸 이야기가 아니라 진짜로 내게 일어난 일이다.

나는 살로메에게 그 이야기를 해주기로 했다. 한편으로는 너무 완벽하게 짜인 이야기가 지겨웠기 때문이기도 하다. 물론 살로메는 많이 아프다. 기저귀를 찼고, 휠체어에 앉은 채 꼼짝도 못 한다. 여기저기 붉고 푸른 자국이 가득한 피부는 까칠까칠하다. 견디기 힘든 역겨운 냄새도 난다. 환자들에게서 그런 냄새가 난다는 사실을 전에는 알지 못했다. 노인들한테서 나는 것처럼 약간 시큼한 냄새이다. 나는 노인 냄새를 잘 안다. 어릴 때 오랫동안 할머니한테 마사지를 해드렸기 때문이다. 하지만 노인들에게서 나는 냄새는 훨씬 정겹다. 시들어버린 꽃 냄새와 비슷하다고 할까. 하지만 살로메한테서 나는 냄새는 땀과 뒤섞인 짐승 냄새처럼 훨씬 독하고 시큼하다. 간병인이 그녀의 목에 향수 한 통을 다 들이부어도 소용없다. 병자의 냄새는 금방 다시 살아나 공기를 지배한다. 가끔 나는 그녀에게 이렇게 말하고 싶을 때가 있다. "살로메, 당신한테서 고약한 냄새가 나요." 물론 나는 그런 말을 하지 않는다. 그녀를 존중해서도, 그녀가 내게 월급을 주기 때문도 아니다.—그렇다 해도 나는 그녀에게 이야기를 들려주는 사람일 뿐, 하녀는 아니니까.—아니다. 그런 것보다는 자존심 때문이다. 나는 투정 부릴 권리가 없을 뿐 아니라, 내가 바꿀 수 있는 것은 아무것도 없음을 알기 때문이다. 살로메네 집에 가던가, 안 가던가 둘 중 하나만 할 수 있다. 그러니 다른 쓸데 없는 이야기를 한들 무슨 소용이 있나?

하지만 그 냄새는 내 몸에 배었다. 아파트 반지하의 내 작은 방으로 돌아오면 나는 길 쪽에 난 작은 여닫이창을 연다. 창문 앞에 쥐와 바퀴벌레들을 끌어모으는 쓰레기봉투가 악취를 풍기며 널려 있는데도, 몸에 밴 냄새 때문에 창문을 열지 않을 수 없다. 바닥에 놓인 매트리스에 누우면 그 냄새가 스멀스멀 올라온다. 냄새는 온 방 안을 채우고, 내 콧구멍을 가득 채운다. 나한테서 나는 냄새가 아닐까 하는 생각이 들기도 했다. 시트에 머리를 파묻고 주먹을 꽉 쥔 채 나는 잠이 든다.

그렇게 하여 살인자 '워너비'가 왔다.

어느 초보 살인자 이야기

2016년 8월 초

그 당시 나는 여전히 이대입구역 근처 동네에 살고 있었다. 언덕으로 올라가는 작은 골목에 더러운 이층집들이 다닥다닥 붙어 있는 곳이었다. 게다가 난 그 동네를 스페인 말로 더러운 것을 뜻하는 '엘 소르디도'라 불렀다. 학교 친구들이 나보고 어디 사느냐고 물었을 때, 나는 "우리 동네 이름은 엘 소르디도야"라고 대답했다. 내가 사는 건물도 그렇게 부를 수 있었으리라. 하지만 그 건물은 이름이 없었다. 그저 203동 1002호라고만 불렸다. 단지 내 건물들은 벽돌로 지어졌고, 쇠로 된 창문과 출입문은 모두 똑같은 모양이었다. 조명이 없어 항상 어두컴컴한 계단은 깎아지른 듯 험하고 가팔랐다. 1층에는 설렁탕 파는 식당이 있었고, 2층에는 마사지 숍이 있었다. 내가 사는 곳은 반지하 방이었다. 창이라고는 길가에 딱 붙은 창문 하나뿐이었는데, 그나마도 쓰레기봉투들로 막혀 있기 일쑤였다. 처음에는 내 방을 마음대로 들락거리는 커다란 쥐와 절망적인 전투에 몰입했다. 물론 절망한

쪽은 나였다. 그놈은 환기통으로 돌아다녔고 창문 쇠창살을 뚫고 들어왔다. 나는 쇠창살 대신 네모난 나무창을 달았다. 그랬더니 밤새도록 나무 갉는 소리가 들렸다. 석고 조각을 놓아 보았다. 그러나 그것도 쥐의 이빨을 견뎌내지 못했다. 마지막 해결책으로 고물상에서 아연 한 조각을 사서 벽에다 붙였다. 하지만 그 이후는 밤마다 지옥의 연속이었다. 커다란 수놈이 (뚱뚱한 소녀가 아니라는 확신도 없으면서 나는 그놈을 뚱뚱한 소년이라 불렀다.) 아연에 구멍을 내려고 엄청난 소음을 냈기 때문이다. 앞니로 쇠를 긁어대는 소리가 어찌나 날카롭던지 나는 밤새 한잠도 잘 수 없었다. 고물상 아저씨마저 내 처지를 안타까워했다. 아저씨가 말했다.

"쥐를 잡으려면 단 한 가지 방법밖에 없어요."
나는 아저씨가 쥐약을 말하는 줄 알았다.
"아니요, 쥐들이 쥐약은 귀신같이 알아요. 절대 안 건드릴걸요. 게다가 그건 아이들한테 위험해요."
아저씨는 깨진 소주병 조각들을 신문지에 싸서 내게 주었다.
"이걸 잘 빻아서 주먹밥에 섞어 봐요. 그놈은 그걸 먹고 죽을 거요."

처방치고는 상당히 잔인했다. 하지만 쥐와 나의 사활을 건 싸움이었다. 며칠 밤이 지난 후 더는 쥐 소리가 들리지 않았다. 아마도 어느 컴컴한 구석에 가서 죽었을 거라고 생각했다.

쥐는 시작에 불과했다. 얼마 후 훨씬 더 기막힌 습격의 희생자가 되었기 때문이다. 매트리스에서 자고 있던 나는 이상한 느낌이 들어 잠을 깼다. 악몽을 꾼 줄 알았다. 하지만 창문 쪽으로 머리를 돌렸을 때 심장이 멎어버리는 줄 알았다. 창문 밖에서 어떤 남자가 쭈그리고 앉아 나를 바라보고 있었다. 창문이 항상 쓰레기 더미로 가려져 있던 터라 창밖에서 누군가 나를 볼 수 있으리라고는 생각도 못 했다. 그래서 창문에 커튼도 달지 않았던 것이다. 한여름이었다. 찌는 듯한 더위가 한창이었기에, 나는 창문을 조금 열어놓았다. 나는 남자의 숨소리를 분명히 들을 수 있었다. 창틀에 바싹 들이댄 콧구멍 때문에 생긴 두 개의 수증기 자국까지 볼 수 있었다.

얼마 동안이나 그렇게 온몸이 굳은 채 그 남자를 보고 있었는지 모르겠다. 차마 숨도 쉴 수 없는 악몽을 꾸는 것 같았다. 그러다가 목구멍에서 소리가 나왔다. 나는 있는 힘을 다해, 그 작은 방에서 내 귀가 먹어버릴 만큼 크게 소리를 질렀다. 그러자 그 남자는 도망쳤다. 내가 무엇을 할 수 있었을까? 경찰에 신고한다? 하지만 아무 일도 일어나지 않았다. 게다가 나는 그 남자의 인상착의도 모른다. 창문 앞에 쭈그리고 앉아 있던 남자의 희미한 형체, 그의 숨소리, 그의 시선이 주는 섬뜩한 느낌, 그런 것들뿐이었다. 고물상 아저씨에게조차 그런 것을 말할 수 없었다. 그 아저씨라고 스토커를 물리치는 처방까지 가지고 있을까? 그 날 이후, 나는 밤이면 스카치테이프로 신문지를 창문에 붙여 가렸다. 문이 열리는 것을 막기 위해 방에 있는 유일한 소파를 문손잡이 앞에 놓기도 했다. 하지만 나는 잠을 잘 수 없었다. 가끔 선잠이 들면, 격자 창문을 두드리는 소리, 초조해하면서 급하게 두드리는 소리가 분명하게 들리곤 했다. 나는 소리를 듣지 않으려고 이불을 뒤집어쓰곤 했다.

이제는 밤뿐이 아니었다. 강의를 들으러 가려고, 혹은 도서관에 가려고 동굴 같은 내 방에서 나올 때면, 누군가 나를 따라오는 듯한 느낌이 들었다. 엘 소르디도 동네는 그런 짓을 하기에 안성맞춤이었다. 지하철까지 급경사로 이어지는 골목길, 어두컴컴하고 후미진 구석, 차고나 안마당 입구, 이 모든 것이 내게는 다 의심스럽게 보였다. 여기저기에서 수상쩍은 남자들의 형체가 보였다. 나는 뒤돌아보지 않고 왼쪽 오른쪽으로 방향을 바꾸면서 마구 달렸다. 그러다가 멈추어 서서 약국 유리창에 비친 그림자를 보려고 뒤를 돌아보았다. 검은 형체가 거기에 있었다. 내 뒤에, 키가 크고 건장한 남자의 모습이 보였다. 어깨는 처졌고 회색 티셔츠를 입고 있었다. 바지의 밑동은 돌돌 말려 있었고, 더운 날씨에도 불구하고 털모자를 푹 눌러쓰고 있었다. 그 남자를 한 번도 정면에서 본 적이 없지만, 이제는 그에 대해 세세한 부분까지 다 알 수 있었다. 공황 상태에서 벗어나자 나는 그 남자의 인상착의를 가능한 한 많이 수집하여 반격에 나서기로 했다. 키를 가늠하기 위해 전봇대에 붙어 있는 전단을 기준으로 측정했다. 물론 창문에 비친 그림자를 보면서였다. 전단보다 약 10㎝ 정도 큰 것 같았다. 그러니까 그의 키는 180㎝ 정도가 될 터였다. 몸무게를 추측하기는 더 어려웠다. 나는 일부러 보도 위에 쌓여 있는 박스들 사이를 교묘히 빠져나갔다. 그랬더니 나를 따라오지 못하고 차도로 내려가는 그의 모습이 보였다. 나이도 확실치 않았다. 하지만 그는 달리기도 잘하고 보폭도 넓으니, 아직 한창나이였다. 다시 말해서 위험한 나이였다.

왜 하필 나였을까? 어쩌면 내가 눈치채기 훨씬 전에, 그러니까 내가 고모 아파트를 나와 이 저주스러운 동네의 지하방으로 왔을 때부터 나를 점찍었는지도 모른다. 하지만 왜 그토록 집요하게 내 뒤를 좇는 것일까? 그 남자를 따돌리기 위해 나는 습관을 바꾸었다. 그때까지 나는 밤 늦게까지 불을 켠 채 책을 읽거나, 공부하다가 늦게 자곤 했다. 그래서 잠에서 깨어나면 이미 열두 시가 넘어, 햇살은 오래전부터 내 방을 침범해 들어와 있었다. 그러나 그 이후, 나는 전등불을 일찍 끄기 시작했다. 내가 잔다고 믿게 하기 위해서였다. 그리고 아주 일찍 일어나는 습관을 들였다. 아침도 안 먹고 새벽 여섯 시부터 밖으로 나가기도 했다. 양치질도 하지 않았다. 머리도 안 빗고, 옷도 갈아입지 않은 채 전날 입었던 옷 그대로 나갔다. 아무도 말을 걸고 싶지 않을 만큼 처량한 모습이기를 바랐다. 처음에는 그가 눈치채고 나를 뒤좇는 것을 포기했다고 생각했다. 그러나 지하철 계단을 내려가다 뒤를 돌아본 순간, 그가 바로 거기에, 골목 위에 서 있었다. 주머니에 손을 넣고, 늘 그랬듯이 털모자를 푹 눌러쓴 채였다. 둥글고 커다란 그의 머리는 모자 속에 파묻혀 있었다. 심지어 그 남자는 웃고 있었다. 그가 웃는 모습을 보니 등골 사이로 소름이 끼쳤다. 마치 멀리서 그자가 칼로 내 몸을 찌르는 것만 같았다.

살로메는 잠자코 내 이야기를 듣고 있다. 그녀도 두려움을 느끼는 것 같다. 아무 말 없이 멀리서 여자를 따라가면서, 그 여자가 느끼는 공포심을 즐기고자, 오로지 그 목적을 위해 한 남자가 여자를 뒤쫓을 수 있다는 것을 살로메는 상상도 하지 못했을 것이다. 나는 이런 이야기를 하는 자신을 용서할 수 없다. 살로메의 기대를 완전히 무시해 버린 나 자신을. 그녀에게, 그리고 그녀가 사는 세상에 복수하기 위해서인가? 그토록 안락하고 보호받는 세계, 돈의 궁핍을 모르는 세계, 그녀를 돌보기 위해 간병인들이 규칙적으로 교대하는 세계, 이야기하기 위해 고용되었으니 이제 나도 속해 있는 그 세계에 대해? 비록 그녀의 몸이 아플지라도 말이다. 아니면 죽음의 냄새에 둘러싸인 채 아무 저항도 하지 못하는 그녀를 벌하고 싶기 때문인가? 나는 그녀에게 말한다.

"미안해요, 이런 이야기를 하지 말아야 했는데. 내 이야기를 별로 안 좋아하는 것 같군요."

살로메는 아니라고 한다. 그녀의 볼에서 갑자기 열이 나고 눈은 반짝인다.

"아니에요, 아니에요, 빛나 씨, 제발 이야기를 계속해줘요."

그리고는 덧붙여서 이렇게 질문한다.

"그거 꾸며낸 거죠? 실제 이야기 아니죠?"

순간 나는 이렇게 말하고 싶다.

"무슨 말이에요? 내가 살인자를 꾸며낼 수 있는 사람처럼 보여요?"

하지만 나는 마음을 가다듬고 이렇게 말할까 생각한다. "그럼요, 그럼요, 살로메. 그건 물론 꾸며낸 이야기지요. 메시지를 전달하는 고양이나 비둘기를 통해 메시지를 전하는 조 씨 이야기처럼 말이에요." 하지만 나는 그 말을 할지 말지 망설인다. 그러자 살로메는 자신의 질문에 답을 할 때까지 기다리지 않고 다른 말로 침묵을 깬다. 어쩌면 그녀도 나처럼 내심 그 이야기가 진짜가 아니기를 바라지만, 그러면서도 그 후에 어떻게 되었는지 알고 싶을 것이다. 왜냐하면 항상 거짓 속에 진실이 감추어져 있기 때문이다.

갑자기 장마가 왔다. 집중호우가 도시를 강타했고, 강물이

범람하여 길거리에 물이 넘쳤다. 이런 경험은 처음이었다. 시
골에서는 비가 와도 땅이나 강에 고인 물이 금방 땅으로 흡
수되기 때문이다. 하지만 이곳 신촌은 지구의 종말을 연상케
했다. 하늘에 먹구름이 잔뜩 끼어 건물 꼭대기는 보이지 않았
고, 하수구가 터져 물이 역류하는 바람에 사거리는 물에 잠
겼다. 학교에 가기 위해 나는 매일매일 전쟁을 치를 수밖에
없었다. 물론 우산은 있으나 마나였다. 쓰레기용 비닐봉지들
로 배낭을 여러 겹 쌌다. 그리고 선원들이 입는 방수복으로
최대한 몸을 감쌌다. (그 방수복은 어릴 적 수산시장에서 입었던
옷 중 유일하게 남은 것이다.) 거리에서는 신발을 벗어 손에 들
고 걸었다. 이럴 때는 시골 마을에서 자란 사람이 유리하다.
맨발로 다니는 데 익숙하기 때문이다. 하지만 학교 여자들은
신발의 높은 굽이 진흙에 빠진 바람에 뒤뚱거리거나 샌들을
신고 얼음 위를 걷는 새처럼 두 발을 휘젓다가 미끄러지기도
한다. 나는 비가 올 때면 언제나 맨발로 다니는 것을 좋아했
다. 발가락 사이로 물이 밀려들어 오는 느낌이 좋았다. 유년
기 때의 감각을 되찾는 기분이었다. 이 장마철이 내게는 휴지
기였다. 스토커가 사라졌기 때문이다. 아마도 그는 비에 젖는
것을 안 좋아하는 모양이다. 아니면 나만큼 능숙하지 못하거
나. 아무튼 그는 이제 큰 길이건 좁은 골목길이건, 급류로 변

해버린 길에서 나를 미행하지 않았다.

장마가 계속되는 동안 박을 만나지 않았다. 별생각 없이 그냥 그렇게 되었다. 그 남자가 내게 전화를 해야 했지만 그는 연락하지 않았다. 나 또한, 토요일 오후 그를 만나러 종로에 있는 서점으로 가야 했지만, 그 대신 혼자 스릴러 영화를 보러 갔다. 마치 스토커의 부재가 사랑의 종말을 가져온 것 같았다. 아니면 두 사람은 그저 한 인간이 가진 두 얼굴에 불과했는지도 모른다. 한편으로는 자기만 아는 지배적이고 이기적인 인간, 다른 한편으로는 위험하고 욕심 많은 낯선 인간.

살로메를 본 지 한참 되었다. 그녀에게 전화하지 않았다. 아마도 장마 때문이었을 것이다. 게다가 대학에서 기초프랑스어 강의를 하게 돼서 준비해야 했기 때문이다. 비록 강사료는 쥐꼬리만 했지만 나는 하겠다고 했다. 내게 그 자리를 제안한 이는 영어 표현을 빌리자면 '비치', 즉 '나쁜 여자' 윤자였다. 내게 학위가 없었으니 그리 적법한 건 아니었다. 하지만 나는 오랫동안 아프리카에서 산 경험이 있어 원어민처럼 말할 수 있다고 둘러댔고, 그것이 먹혔다. 얼마간 강의를 쉬고 싶었던 윤자에게는 잘된 일이었다. 아이를 낳기로 남편과 결정하면서 온갖 검사를 다 해보기로 했기 때문이다. 물론 나이 마흔이면 쉽지 않은 일이다. 나는 조금도 동정심이 일지 않았다. 우선 그 여자는 지금도 그리고 앞으로도 영원히 교만하고 자신감 넘치며, 집안의 재력을 과시하는 '비치'일 것이기 때문이다. (그 여자 아버지는 서울에서 제일 큰 뻥튀기 쌀과자 회사를 소유하고 있는데, 아프리카로 제품을 수출하기 시작했다고 한다.) 게다가 대신 강의하는 대가로 자기 월급의 아주 일부만 주겠다니 아무리 동정하려 해도 할 수가 없다. 그 사실을 폭로하겠다고 그 여자를 협박할 수도 있다. 하지만 그렇게 해서 내가 얻을 건 무엇일까? 그 여자는 아버지 재력 덕분에 여전히 그 자리에 있을 것이고, 나는 남 뒤통수나 치면서 은혜를 배신으로 갚는 배은망덕한 여자라는 평판만 얻게 될 것이다. 오히려 내가 '비치'가 될 판이다. 아무튼 나는 강의와 퀴즈를 준비하고, 그림 자료들과 대중음악 자료들을 모아 컴퓨터에 파일로 옮기느라 매일 학교에서 지냈다. 달리다, 에르베 빌라르, 그리고 지금도 여전히 좋아하는 알랭 수숑 등의 노래를 담았다. 레퍼토리라고는 아다모의 〈눈이 내리네〉밖에 없는 '비치' 윤자의 강의보다 훨씬 재미있을 것이다.

　살로메가 더 이상 문자를 보내지 않게 하려고, 내가 전화를 했다. 그런데 정말로 그녀의 목소리는 기어들어 가고 있었다.

"좀 어때요?"
"안 좋아요. 아주 나빠요."
"아 그래요? 정말 안됐군요…"

그러고 나서 무거운 침묵이 흘렀다. 그녀의 숨소리를 들을 수 있었다. 날카롭게 부딪히는 소리, 소나무 가지 사이로 부는 바람 같은 소리였다. 방의 열기를, 내려진 커튼 뒤에서 빛나는 햇빛을, 살로메의 옷에 밴 땀 냄새를 상상할 수 있었다. 그런 생각을 하니 마음이 아팠다. 너무도 익숙한 감정이다. 하지만 우리에게는 종종 그런 감정이 필요하다. 그래야 도움을 주고 싶은 마음이 생기니 말이다.

"지금 갈 수 있어요."

나는 별생각 없이 말했다. 그런데 그 말이 금방 살로메에게 커다란 위안을 주었음을 느꼈다. 그녀는 한숨을 내쉬었다. 아니 숨쉬기가 훨씬 쉬워진 것 같았다. 결국 그렇게 단순한 것이었구나. 모든 행동에는 반응이 따른다. 단지 그녀를 시험하려고 던진 거짓말일 수도 있었다. 그것은 잔인한 행동이다. 하지만 요즘 들어서 나는 잔인해지는 법을 배웠다. 약속해놓고 약속 장소에 나타나지 않는다거나, 전화 받지 못할 경우 문자도 남기지 않는 박처럼 말이다. 그는 항상 공중전화나 서점 전화처럼 다시 걸 수 없는 번호로 전화를 했다. 그 번호로 다시 그에게 전화를 걸어보았자 아무 소용도 없었다.

"언제요?"

"지금요, 당신이 원한다면."

"그럼 택시 타고 와요, 택시비 영수증을 주면 내가 그 돈을 부담할게요."

"하지만 당장 낼 돈이 없는걸요."

"그럼 내가 택시를 불러줄게요. 지금 어디예요?"

"학교에 있어요."

"택시를 부를게요."

1분 후에 그녀가 다시 전화했다.

"15분 안에 택시가 도착할 거예요. 학교 정문 앞에."

"알았어요."

몇 주 전부터 살로메의 몸에서 일어나는 변화는 너무도 놀라웠다. 내게는 한 시간이 지나면 또 다른 시간이 찾아오고 낮이 지나면 밤이 오면서 시간이 정상적으로 흘러가는 반면, 그녀에게는 시간이 질주하는 것 같았다. 그녀의 얼굴은 여전히 아름다웠다. 나는 그녀의 약간 높은 콧대, 빛나는 눈 주위에 진 그림자를 돋보이게 하는 활처럼 굽은 눈썹, 가위로 일직선으로 자른 검은 앞머리 등을 보면서 항상 그녀가 단테 가브리엘 로세티가 그린 그림을 닮았다고 생각했다. 하지만 표정이 이상했다. 마치 공포스러운 무엇인가로부터 염탐당하는 것처럼, 그러나 그것으로부터 절대 벗어날 수 없는 것처럼, 그녀의 표정은 다분히 경직되어 있었다. 그녀는 휠체어에 앉아 있었다. 더운데도 무릎에 담요를 덮은 채였다.

그녀는 억지로 미소를 지으며 나를 맞이했다.

"Long time no see! 오랜만이에요." 그녀가 말했다.

"그렇게 오래된 건 아닌데요."라고 말하려고 했다. 하지만 그녀는 이미 내 말을 듣지 않고 있었다. 그녀는 조급해 보였다.

"그런 말은 듣고 싶지 않아요. 이야기가 어떻게 끝나는지 알고 싶으니 어서 이야기를 해줘요."라고 말하는 듯했다.

목소리까지 변한 것을 알 수 있었다. 성대에 막이 생긴 것 같았다. 입을 벌린 채, 숨을 빨리 쉬었고, 뜨거운 공기가 치아 사이로 드나들며 칙칙 소리를 냈다. 마치 증기기관차 소리를 듣는 것 같았다. 그러나 그것은 폐 안쪽에 있는 기관이 열심히 움직이는 소리였다.

"살인자로 추정되는 그 남자는 어떻게 되었나요?"

"사라졌어요…. 일시적으로."

"뭐라고요? 사라지다니요? 그런 사람들은 절대 완전히 사라지지 않아요."

그녀는 빈정대는 표정으로 나를 바라보았다. 나는 그저 평범한 이야기, 모든 것을 사라지게 하는 비 이야기를 하려 했다. 하지만 그녀의 시선은 나의 그런 생각을 무색하게 했다. 나는 그녀가 무엇인가 알고 있다고, 아니면 무엇인가를 의심하고 있다고 생각했다. 하지만 나는 그것이 무엇인지 알 수 없었다.

"하지만 그 이야기를 할 필요는 없어요." 그녀가 말했다.

나는 차 마시는 의식을 준비하기 시작했다. 찬장에서 작은 잔과 잔 받침 접시와 티백, 그리고 살로메의 아버지가 영국에서 사다 준 살람-티 다기를 꺼냈다. 물을 끓이려 전기포트 스

위치를 올리고 창가에 서서 기다렸다. 얇은 망사 커튼 사이로 텅 빈 거리가 보였다. 비로 인해 반짝이는 포장도로와 나무들도 보였다. 벽을 마주한 이 네모난 공간만이 살로메가 볼 수 있는 세상이었다. 높은 건물들에 가려 하늘도 잘 보이지 않았다.

"빨리해요."

살로메가 내게 명령하기는 처음이었다. 하지만 목소리는 명령조가 아니었다. 얇은 입술 사이로 흘러나오는 하소연에 가까웠다. 가쁜 숨을 몰아쉬며 말하는 떨리는 목소리였다.

나는 그녀 앞에, 소파가 아니라 나지막한 작은 의자에 앉았다. 그래야 그녀와 마주 볼 수 있기 때문이었다. 그것은 이야기하는 사람의 자세였다. 내 생각에는 그렇다. 그리고 그 자세는 내 맘에 들었다. 그런 자세로 앉을 때마다 나는 고모가 생각났다. 고모는 사실 아버지의 이복 누나였다. 어렸을 때는 고모 이름이 '고모'인 줄 알았다. 그렇게 불렀으니까. 고모가 이야기해줄 때면 나는 바닥, 고모 발밑에 자리를 잡았다. 그리고는 내 머리를 다정하게 쓰다듬어 주던 고모의 손길을 느끼면서 이야기를 들었다.

살로메에게 해준 조 씨 이야기 마지막 편

2016년 8월 말

나는 말했다. 약간 엄숙한 어조였던 것 같다. "사실, 모든 것에는 종말이 있어요. 아무리 믿을 수 없는 이야기라 할지라도 끝이 있는 법이거든요. 조 씨도 그것을 알았던 거예요. 그래서 아끼던 흑룡과 짝꿍인 다이아몬드를 다른 쪽 세상으로 떠나보낼 시간을 오랫동안 늦추었던 거죠."

어쩌면 내심 그는 마지막 시험에 대해 의구심을 가졌던 것 같다. 이 순간, 고향으로 돌아갈 이 순간을 기다린 지는 너무도 오래되었다. 어렸을 때 어머니와 함께 강화도에 살던 시절, 저녁때가 되면 안개에 가려 보이지 않는 한강 너머 북녘땅을 향해 어머니가 그 유명한 '아리랑' 노래를 불러주었던 시절부터 그는 이 순간을 기다려왔다. 조 씨는 그 시절을 똑똑히 기억했다. 거의 매일, 해 지는 저녁이 되면 그 노래를 생각했다. 그 노래는 마치 저녁기도 같았다.

"언제고 우리는 강을 건너고 산을 넘을 거야. 그리고 우리 집으로 돌아가 다시 그곳에서 살 거야." 조 씨가 어렸을 때 어머니는 아들을 흔들어 재우면서 항상 그 노래를 했다. 조 씨는 그 노래를 들으면서 잠이 들었다. 그리고 저쪽 나라로 날아가는 꿈을 꾸곤 했다. 그것을 기억하는 사람은 조 씨뿐인 것 같았다. 그가 아내 한선희에게 그 말을 했더니, 아내는 그를 비웃었다. 처음에는 상냥하게 말했다. "남자아이들은 모두 엄마하고 같이 하늘나라로 가는 걸 꿈꾸지." 그러나 해가 거듭될수록, 그녀의 말투는 불평 섞이고 신경질적으로 바뀌었다. "그럼 어서 그쪽으로 가서 거기가 얼마나 좋은지 보구려." 조 씨는 이제 더는 아내가 자신의 꿈에 동참하지 않으리란 걸 알아차렸다. 그래서 이제는 아내에게 비둘기 이야기를 하지 않았다.

조 씨는 때가 되었음을 느꼈다. 아내가 죽은 후 그는 귀향 여행 준비에 몰두하며 살았다. 이제 엉뚱해 보이는 그의 계획에 반대할 사람은 아무도 없었다. 딸은 이제 다 컸고, 이미 오래전에 법무부 출입국 사무소에서 일하는 남자와 결혼했다. 사위가 상대하는 사람은 대부분 중국인이었다. 딸은 아버지에게 잔소리할 시간도 없었고 그러고 싶어 하지도 않았다. 그러니 이제는 비둘기들과 하고 싶은 일을 마음대로 할 수 있었다. 물론 딸은 그런 아버지를 비웃었다.

한편 조 씨는 더 늦기 전에 결정을 내려야겠다고 생각했다. 은퇴한 사람치고는 아직 기운이 넘쳤지만, 그리고 Good Luck! 아파트 경비 일은 비교적 시간적 여유가 있었지만, 이제 그에게 남은 시간은 점점 줄어들 것이라는 사실을 잘 알고 있었다. 언젠가는 그런 여행을 감행할 수 없을 만큼 기력이 쇠할 것이다.

1960년대 말 즈음, 전쟁이 끝난 지 이미 오래되었는데도 사람들은 여전히 휴전선에서의 충돌 위험성을 우려했다. 고성과 인제의 비무장지대에서는 남측과 북측 군인들의 소규모 충돌도 있었다. 사망자도 부상자도 없었지만, 실제 총격전이 벌어졌고, 포성이 들리기도 했다. 그런 일은 언제고 다시 일어날 수 있었다.

조 씨는 아무것도 우연에 맡길 수 없었다. 그래서 비둘기들에게 특별 훈련을 시키기로 했다. 처음에는 설날에 사람들이 터뜨리는 폭죽을 발사할까 하는 생각도 했다. 하지만 그렇게 작은 폭죽이 터지면서 내는 소리는 가소롭고 우스꽝스러워 보였다. 비둘기들이 한 번도 해보지 않았던 길고도 위험한 여행을 위한 것이지, 그저 참새들이나 겁주려는 것은 아니기 때문이다.

그래서 그는 버스를 타고 도시 남쪽의 동물원까지 가서 소나무숲 한가운데 난 구불구불한 길로 올라갔다. 그곳 숲속 빈터에는 사격연습장이 있었다. 장소를 잘 살펴본 조 씨는 사격장에서 약간 동쪽 언덕에 자리 잡는 것이 제일 낫겠다고 생각했다. 그곳에서는 아무에게도 눈에 띌 염려가 없었기 때문이다.

아직 아침이어서 사격장이 문을 연 지는 얼마 되지 않았다. 열두 시경, 조 씨는 비둘기들을 날려 보냈다. 제일 먼저 방울이와 그 짝꿍인 암여우, 그다음에는 대통령과 여행자, 그다음으로 파리와 그 짝꿍 매미를. 권총과 소총 격발음이 푸른 하늘에 울려 퍼졌다. 화약 냄새가 공기 중에 진동했다. 소리가 크고 화력이 강한 자동소총의 발사가 시작되자, 조 씨는 조심스럽게 흑룡을 꺼낸 후, 오랫동안 새의 모이주머니를 쓰다듬었다. 흑룡은 그의 영웅, 임무를 완성할 용사였기 때문이다. 그는 흑룡을 사격장 방향으로 날려 보냈다. 곧이어 다이아몬드도 소나무 숲 위에서 큰 원을 그리며 날아갔다.

저녁때까지 조 씨는 비둘기들이 돌아오기를 기다렸다. 소나무숲에서 들리는 총소리는 다른 모든 소음을 뒤덮었다. 근처 고속도로의 자동차 소리도, 매미 울음소리도 들리지 않았다. 사격장 총소리를 들으면서 조 씨는 오래전 어머니가 아들을 둘러업고 뛰어가면서 들었을 총소리와 포탄 소리를 생각했다. 여기저기서 발사되던 기관총의 연속적인 격발음과 계속해서 날아들던 포탄 소리를. 그 소리를 들으면서 어머니는 마산 포항동 어느 논에 빠져 비틀거렸다. 아주 오래전, 1950년 늦여름의 일이다. 조 씨는 아직 젖먹이 어린애였다. 하지만 아직도 그의 귀에는 그 폭발음도, 슈우 하며 날아다니는 총알 소리도, 땅에서 터지는 포탄 충격도 들리는 것만 같다.

석양이 질 무렵, 안개가 하늘을 뒤덮기 시작할 때, 비둘기들이 보였다. 비둘기들은 주인을 찾아 둥글게 원을 그리면서 돌아왔다. 몇몇 날갯짓 차이로 두 커플이 돌아왔다. 소총 소리가 멈추었다. 매미들은 고속도로 자동차들의 소음에 따라 고음과 저음을 오가며 다시 울어대기 시작했다. 매미 소리는 마치 파도처럼 밀려왔다.

조 씨가 손뼉을 치면서 신호를 보냈더니 비둘기들이 그에게로 다가왔다. 암놈들이 먼저 왔고, 그다음에 수컷 두 마리가 왔다. 그들은 소나무숲 한가운데 있는 마른 땅에 착륙했다. 비둘기들은 온종일 비행했건만, 피곤한 기색이 하나도 없었다. 조 씨는 비둘기들을 손으로 감싸 안았다. 아직도 그들의 심장이 빠르게 뛰는 걸 느낄 수 있었다. 언덕 위를 날면서 자유롭게 온종일을 보낸 흥분이 아직 가시지 않아서일 것이다. 조 씨는 비둘기들을 한 마리씩 새장 안에 넣었다. 새장 창살에 매단 종지에 담긴 물을 약간 마시게 했을 뿐, 비둘기들에게 먹을 것은 아무것도 주지 않았다. 조 씨도 비둘기들이 겪는 시련에 동참하기 위해 종일 먹지도 마시지도 않았다. 그는 자랑스러웠다. 자기가 훈련한 비둘기들이 시련을 극복했기 때문이다. 이제는 고향으로의 성공적인 여행에 아무것도 방해될 것이 없으리라.

살로메는 팔다리는 움직이지 않은 채 그저 근육을 조금 풀면서, 휠체어에서 기지개를 켰다. 얼굴에 불안한 기색이 사라졌다. 웃기까지 했다.

"그럼 비둘기들이 진짜로 떠나는 건 언제인가요?" 그녀는 물었다.

나는 이렇게 답을 했다. "내일 이야기할게요." 곧바로 그 이후 이야기를 해줄 수도 있었을 것이다. 하지만 이야기 속에서 석양이 지듯, 현실에서도 밖은 어두워졌다. 비는 그쳤다. 그래서 나는 내일 이야기하기로 했다. 그녀를 위해, 나를 위해, 그리고 조 씨를 위해.

그 내일이 왔다.

조 씨에게 그것은 대출정이었다. 조 씨는 진군을 위해 소형화물차를 빌렸다. 그리고 휴전선 너머로의 마지막 모험을 위해 비둘기들과 함께 차에 탔다. 그는 출발 위치를 정확히 알았다. 1956년, 전쟁이 끝난 후 남쪽으로 피난 갔다 돌아와 어머니와 함께 어린 시절을 보낸 바로 그곳이었다. 조 씨가 태어난 마을과 가장 가까운 곳이기도 했다. 한강만 건너면 바로 그의 고향이었으니까. 조 씨 어머니는 바로 그곳에, 그 외딴 마을에 정착하고 싶어 했다. 그렇게 함으로써 저쪽에 남아 있는 가족, 실종된 남편, 할아버지, 그리고 그녀가 잃어버린 모든 것과 여전히 왕래하고 있다고 느낄 수 있었기 때문이다. 어머니는 종종 아들에게 옛날이야기를 했다. 배나무 과수원이 있었고, 부족한 것 없이 살았던 시절 이야기를. 아버지 이야기는 별로 하지 않았다. 머슴 출신이었기 때문이다. 하지만 아버지는 키가 크고 체격이 좋았으며 얼굴도 잘생겼다고 한다. 특히 목소리가 좋아 유행가를 잘 불렀다고 한다. 아버지는 어머니를 유혹했고, 어머니를 임신시켰다. 하지만 어머니 집안사람들은 그를 무시했다. 전쟁이 발발하자 그는 인민군에 합류하여 집을 떠났고, 그 이후로 어머니는 그의 소식을 듣지 못했다. 그래서 어머니는 아들을 데리고 월남하기로 했다. 어머니는 뗏목을 타고 강을 건넜고, 남쪽 포항동까지 갔다. 이제 모든 기억이 되살아났다. 특히 아리랑 노래가 생각났다. 새장 문을 하나하나 열 때, 그의 눈에는 눈물이 가득했다.

자, 하늘 높이 날아서 내 고향까지 가거라. 움푹 파인 계곡에 묻혀 있는 과수원까지. 배나무가 있는 멋진 과수원을 보면 그곳이 내 고향인 걸 알 거다. 우리 가족들에게, 나의 조카들에게, 내 사촌 형들과 사촌 누이들에게, 내 편지를 전해다오. 조한수가 아직 살아 있다고 말해다오. 강 건너 저편에 있는 가족들한테 내가 쓴 편지를 전해다오. 희망과 사랑이 담긴 편지, 기쁨과 웃음이 담긴 편지, 행복이 담긴 편지를!

오후의 따사롭고 부드러운 햇빛을 받으며 살로메는 눈을 감았다. 그녀의 귀에 조 씨가 하는 말이 들린다. 비둘기 날갯짓의 바람 소리, 크게 날면서 날개를 펄럭이는 소리도 들린다. 거대한 강의 시커먼 물 위로 새들을 날게 하는 바람 소리도, 가죽 위에 떨어진 물방울이 햇빛을 받아 반짝이듯 수면에서 잔잔히 떠는 잔물결 소리도 들린다. 들판에서 나는 소리도, 사람들의 떠드는 소리와 아이들 웃음소리도 들린다. 점점 가까워지는 이웃 땅의 내음도 느껴진다.

잘 들어봐요, 바람이 바다에서 불어와요. 부드러운 아침 바람이에요. 얼굴에 바람을 느껴 봐요, 살로메. 당신은 하늘 높이, 북쪽을 향해, 저쪽 세상의 강기슭을 향해 날아가고 있어요. 흑룡과 다이아몬드, 그리고 다른 비둘기들과 함께 하는 당신의 마지막 여행이에요. 바람은 당신을 취하게 하고, 당신 눈을 멀게 하고, 당신 숨을 가쁘게 하지요. 하지만 당신은 계속 날고 있어요. 여행이 끝날 때까지 똑바로 날아갈 거예요. 두 팔을 벌리고 온몸으로 바람을 느껴 봐요. 당신은 이제 하나도 무겁지 않아요. 바람에 흩날리는 새털처럼, 나뭇잎처럼, 꽃잎처럼 가벼워요. 당신 아래 군데군데 작은 섬들이 보이는 강은 당신이 북쪽을 향해, 고향 땅을 향해, 더 높이 날수 있도록 당신을 부추기지요.

내가 점점 더 낮은 목소리로, 점점 더 천천히 말하는 동안 살로메는 계속 눈을 감고 있다. 그녀는 손을 펴고 손가락을 벌려 그 사이로 공기를 느끼고, 바람을 들이마시고, 바닷물의 짠맛과 꽃이 만발한 초원에서 채취한 꿀의 맛을 느낀다. 바람 따라 물결치는 갈대의 긴 줄기도, 나무들의 이파리도, 찬란하게 핀 동백꽃 울타리도 느낀다. 서로 만나는 모든 길, 큰길보다는 돌담이 쳐진 작은 골목길, 그리고 작은 마을의 파란 지붕들도 느낀다. 내 이야기는 그 모든 것을 그녀에게 운반해준다. 하지만 이제 그녀는 내 말을 들을 필요도 없다. 모든 것은 불꽃이 일듯 그녀의 마음속에서 저절로 피어난다.

비둘기들은 날이 어두워질 때까지 온종일 날아다닌다. 언덕과 계곡 위로, 노랗게 물든 논과 유채밭 위로, 공장들과 조차장 위로, 회색빛 마을과 비행장과 호수와 강 위로. 날이 어둑어둑해질 무렵 비둘기들은 주인이 태어난 곳을 알아본다. 두 산 사이에 있는 좁은 계곡이다. 그곳에는 과수나무들이 자라고 있다. 비둘기들은 하늘 위에서 마지막으로 원을 그리면서 날아간다. 그러고 나서 그 마을에 옹기종기 모여 있는 집들의 지붕 위에 내려앉는다. 처음에는 한 쌍의 비둘기가, 그다음에는 다른 한 쌍이, 그리고 또 다른 한 쌍이. 결국 한 마리도 빠짐없이 다 모인다. 길을 잃은 놈은 하나도 없다. 그들은 헛간 지붕 위를 걸어 다닌다. 발톱은 쇠붙이에 닿아 삐걱거리고, 목구멍으로 평화로운 구구 소리를 내기 시작한다. 감미로우면서도 슬픈 정겨운 노래를, 교접하기 전 사랑의 인사말을.

나도 그곳에 있는 느낌이다. 눈을 감고 농장 사람들의 목소리를 듣는다. 처음 들리는 소리는 아이들 소리다.

헛간 지붕에 있는 비둘기들을 발견한 아이들은 구구구! 하며 비둘기를 부른다. 그다음에는 어른들이 하나씩 하나씩 다가온다. 앞치마를 두른 여인들, 햇볕에 얼굴이 그을린 남자들. 남자들은 키가 크고 어깨가 넓다. 일을 많이 한 손에는 굳은살이 박여 있다. 그들은 모두 시멘트로 지은 집 앞에 멈춘다. 이제까지 한 번도 본 적이 없는 새들을 바라본다. 그들 중 하나가 벽에 사다리를 놓고 천천히 조심스레 기어오른다. 그리고는 흑룡을 잡는다. 흑룡은 저항하지 않고 가만히 있다. 여행하느라 너무 피곤해서 발버둥 치지도 못한다. 마당에 사람들이 모두 모여 비둘기를 에워싼다. 바로 그때 다이아몬드가 날개를 가볍게 펄럭이며 다가와 짝꿍 옆에 사뿐히 착륙한다. 그러자 다른 비둘기들도 짝을 지어 도착한다. 아이들은 비둘기를 손에 쥐고 즐거워한다. 바로 그때 미선이라는 이름의 여자아이가 탄성을 지른다. "이것 봐요. 다리에 편지가 매달려 있어요!" 아이는 돌돌 말린 종이를 보여준다. 남자는 종이를 펴고, 여자는 편지에 담긴 내용을 큰 소리로 읽는다. 거기에는 오직 '미래'라고만 씌어 있다. 도무지 알 수 없는 비밀스러운 말이다. 그 말은 이 입에서 저 입으로 전해진다. 사람들은 다른 쪽지들도 하나씩 하나씩 펴본다. 다른 쪽지들에도 각각 한 단어씩만 적혀 있다. 누군가 간첩의 소행이라는 말을 했고, 그 말에 겁이 난 사람들은 한 발짝 물러선다. 하지만 비둘기는 다른 비둘기들과 함께 미선이가 내미는 쌀알을 쪼아 먹는다. 그 모습은 평화롭기만 하다. 비둘기들은 누군지는 알 수 없지만 분명 누군가의 명령에 따라 이곳으로 왔다. 비둘기들은 다른 세계, 강어귀 저편에 있는 세계, 하지만 이제는 낯설지 않은 세계를 말한다. 봄이면 배꽃이 만발하는 집단농장 주민들 사이를 돌아다닌다. 긴 여정의 끝이다. 내일, 아니 며칠 후면 미선이와 아이들은 기쁨, 사랑, 행복 같은 한 단어가 적힌 종이쪽지를 흑룡과 다른 비둘기들의 오른쪽 다리에 감을 것이다. 그리고 나서 아이들은 두 손으로 비둘기들을 잡아서 하늘로 날려 보낼 것이다. 그 비둘기들이 왔던 쪽을 향하여.

살로메는 고개를 약간 숙인 채 휠체어 뒤로 몸을 기댄다. 눈에는 눈물이 가득하다. 하지만 그것이 기쁨의 눈물인지 슬픔의 눈물인지 알지 못한다. 이야기는 끝났고 여행도 끝났다.
　나는 그녀의 손을 잡는다. 오래오래 그 손을 꼭 잡아준다. 그녀의 손은 따뜻하고 건조하다. 약간 열이 있는 것 같기도 하다.

잘 있으라는 인사도 없이 조용히 집을 나온다. 치료 시간이다. 간병인이 거실문 앞에 서 있다. 하얀 앞치마가 희미한 빛 속에서 반짝이면서 그녀는 마치 유령처럼 보인다. 조 씨는 꿈을 이루었다. 그는 집으로 돌아간다. 이제 더 바랄 것이 아무것도 없다. 이제 그에게 세상은 완벽하다. 하지만, 이곳, 조 씨와는 다른 곳에 사는 우리에게는 아무것도 이루어진 것이 없다. 행복이란 존재하지 않는다. 단지 몇 가지 꿈과 몇 마디 말이 있을 뿐이다. 새들이 강어귀를 지날 때 부는 바닷바람, 깃털을 엉망으로 헝클어지게 만드는 그 바닷바람이 있을 뿐이다.

그리고 현실은 잔인하다.

장마는 살로메와 나를 지치게 했다. 길에 넘치도록 철철 흐르다가 뜨거워진 시멘트 바닥에서 증발해버리는 물은 우리를 씻기고, 문질러 닦고, 짓이기고, 떠밀어버리면서, 우리 힘을 다 소진시킨 것 같았다.

나는 다시 이사하기로 했다. 반지하 내 방은 너무도 비위생적이어서 도저히 살 수가 없었다. 빗물은 벽에다 얼룩덜룩한 자국을 남겼고, 한동안 내 방 침입을 포기한 듯 잠잠했던 커다란 쥐는 이제 친구들과 함께 단체로 몰려왔다. 그놈은 매일 저녁 내가 벽에 붙여놓은 철판을 밀어냈다. 이빨로 갉아대는 소리가 분명히 들렸다. 그놈은 유리 파편과 섞어 만든 주먹밥을 잘 소화한 것 같았다. 그래서 마지막으로 남은 깨진 유리 조각을 씹어 먹는 소리를 들려주면서 나를 질책하려고 돌아온 것처럼 보였다. 그것은 유령 소리였다. 욕실을 (욕실이라야 문도 안 달린 화장실에 툭 튀어나온 샤워기 하나가 달려 있을 뿐이었지만) 돌아다니는 바퀴벌레도 보았다. 쥐 한 마리를 보았다면 쥐 열 마리가 있음을 의미하며, 바퀴벌레 한 마리를 보았다면 바퀴벌레 백 마리가 있는 걸 의미한다고 하지 않나! 더는 내 방에 쥐 몇 마리가 있는지 바퀴벌레 몇 마리가 있는지 세고 싶지 않았다.

엄마 친구 소개로 도시 반대편, 완전히 남쪽에 있는 동네 셋집 하나를 얻게 되었다. 사실 그곳이 서울에 속하는지 아니면 시골인지 잘 모르겠다. 오류동역에 도착하는 데 한 시간도 넘게 걸렸다. 바퀴 달린 여행가방과 옆으로 메는 크로스백, 그리고 배낭에 모든 이삿짐을 다 넣었다. 일용품, 이불보, 옷, 그리고 내가 전라도 우리 마을을 떠날 때 엄마가 준 토끼 모양의 베개까지. 나는 아침 일찍, 동네 사람들이 잠에서 깨기 전에 집을 나왔다. 3개월 치 집세를 빚진 집주인이나 그 끔찍한 스토커의 눈에 띄지 않기 위해서였다. (장마가 시작되고부터 스토커는 완전히 사라지긴 했다. 눈사람이 햇볕에 녹듯 비에 녹아 버렸나 보다.) 나는 주소도 남기지 않고, 아무런 회한도 없이 그 집을 떠났다. 엘 소르디도 동네에서 살았던 몇 개월은 내 인생 최악의 시간이었다.

새로 이사 간 동네는 내 마음에 들었다. 고향 마을처럼 좁은 길들이 많았다. 깨끗하지는 않았지만 곧게 뻗은 길들이었다. 엉뚱하거나 재미있는 가게들은 없었다. 하지만 쥐 소굴도 없었다. 벽돌건물은 비실비실한 가로수가 있는 대로변에 있었다. 내가 살 집은 2층에 있었는데 아래층은 냉면집이었다. 이름이 안소영이라는 주인아줌마는 그게 큰 장점인 것처럼 이야기했다. "저녁때고 언제고, 아무 때나 내려가서 내 이름을 대면 먹을 것을 줄 거야. 값도 아주 싸."

엘 소르디도에서는 이웃들, 특히 돈이면 환장하는 집주인을 피하느라 아는 사람이 아무도 없었다. 그러나 이곳 오류동에서는 금방 좋은 이웃들을 만나게 되었고, 그들과 친구가 되기도 했다. 위층에 사는 수학교사를 제외하고는 대부분 내세울 것 없는 사람들이었다. 수학교사는 성공회대학 근처에 있는 중학교 선생님이라고 했다. 다리 근처에 컨테이너를 하나 놓고 가게를 차린 구둣방 아저씨, 가구 딸린 호텔 청소부 아줌마, 아기엄마, 신도림이나 영등포구청에서 근무하는 하급 공무원 같은 사람들이었다. 그들은 모두 아침 일찍 집을 나갔다. 직장인들은 출근해야 했고, 엄마들은 아이들을 학교에 데려다주어야 했기 때문이다. 그래서 아침에는 매우 조용했고, 나는 정오까지 잠을 잘 수 있었다. (나는 항상 늦잠 자는 것을 너무 좋아했다. 아버지는 그런 내가 늘 못마땅했다. 수산시장에 가기 위해서는 새벽에 일어나야 했기 때문이다.)

새로운 전철역도 마음에 들었다. 2호선 지하철은 합정역을 지나 한강을 건너 당산역에 이르고, 신도림에서 내려 1호선 지하철로 갈아타면 지상으로 나왔다. 1호선은 날림으로 지은 3층 건물들이 다닥다닥 붙어 있는 서민적인 동네들을 지나갔고, 그러다 보면 오류동에 이르렀다. 다양한 동네를 지나쳤다. 최신식 아파트들도 지났고 커다란 공원과, 시끌벅적한 길들도 지났다. 그러다가 다시 함석지붕의 작은 벽돌집들이 오류동까지 이어졌다. 오류동역에 도착해서는 계단을 내려가 철길 밑을 지나야 했다. 나는 사방의 대로가 모이는 이 넓은 교차로와 여기저기 볼트로 조인 자국이 있는 철교가 참 좋았다. 마치 미국 어딘가를 여행하는 것 같은 느낌이었다. 나는 오류동 다리를 닮았을 브루클린 다리를 상상했고, 오류동의 넓고 좁은 길들과 비슷하게 생겼을 뉴욕 브롱크스나 퀸스 등의 서민 구역을 상상했다. 오류라는 이름도 마음에 들었다. 내가 꼭 가보고 싶은 또 하나의 수도인 도쿄의 어떤 동네 이름을 생각나게 했기 때문이다.

나는 새로운 삶에 금방 익숙해졌다. 갑자기 처음으로 진정한 자유를 느꼈다. 갚아야 할 빚도 없었고, 고모나 고모의 사랑스러운 딸 백화로부터도 멀리 있었다. 그네들이 날 찾아올 염려는 전혀 없었다. 나는 홍대에서 기초프랑스어를 강의하기 위해 나를 착취한 장본인인 윤자와 타협했다. 계속해서 그녀 대신 아침 강의를 하면서, 강의 전날 밤 그녀의 사무실을 사용하기로 한 것이다. 처음에는 내 제안에 약간 망설였다. 학교 당국이 타인에게 사무실 빌려주는 것을 금지했기 때문이다. 하지만 건물 수위는 텔레비전 드라마를 보려고 일찍 자리에 드는 습관이 있었기에, 아홉 시만 넘으면 온통 내 세상이었다. 그래서 아무에게도 들키지 않고 욕실에서 샤워할 수 있었다. 나는 서대문 영천시장에 가서 요를 하나 샀다. 아침이면 요를 개켜 윤자 옷장에 잘 넣어두었다. 복도 끝에는 전자레인지와 전기포트가 있는 작은 주방이 있어 식사를 해결했다. 아침 강의 전에 라면을 먹거나 커피를 마시는 데 필요한 도구가 다 갖추어져 있었다. 소금 등 조미료가 듬뿍 든 라면은 최악의 음식이지만, 가난한 학생들은 그것을 먹을 수밖에 없다. 모든 것이 완벽했다. 그래서 일생 중 이토록 자유를 느낀 적이 없다고 말한 것이다.

프랑스어 수업은 재미있었다. 거의 모든 학생은 (대부분 여학생이었다. 열여덟 명이 수강생 중 남학생은 딱 한 명뿐이었으니까. 게다가 그는 약간 여성적인 남자였다.) 전공이 아니라 추가 학점을 따려고 그 강의를 수강했다. 그들의 전공은 수학, 자연과학, 물리 등이었고 철학을 전공하는 학생도 있었다. 나는 대학생을 위한 제목이라기보다는 유치원생을 위한 제목처럼 보이는 『읽기의 즐거움』이라는 교재를 가지고 수업을 했다. 문법 연습문제도 있었고, 난해한 이론을 쉽게 풀어쓴 텍스트도 있었다. 학생들은 돌아가면서 더듬더듬 텍스트를 읽어야 했고, 동사 시제를 변화시켜야 했고, 의문문, 부정문, 의문부정문 등으로 문장을 만들어야 했다.

배가 섬을 향해 가는 것 같다.
배가 섬을 향해 가는 것 같지 않다.
배가 섬을 향해 가는 것 같은가요?
배가 섬을 향해 가는 것 같지 않나요?

학생들이 문장 구성 문제를 열심히 풀고 있는 동안, 나는 단어들에 대한 달콤한 몽상에 빠져들었다. 나는 항상 단어들을 가지고 몽상하는 걸 좋아했다. 예를 들어 모터도 없이, 아주 기다란 노를 젓는 사람에 이끌려, 천천히 물의 흐름을 따라 한강을 건너는 배를 상상했다. 깊은 물 속에서 드문드문 생긴 기포들로 인해 물이 찰랑거리면서 수면은 고요히 반짝이고, 그 수면 위로 배는 아무 소리 없이 오리가 많은 섬에 이른다. (한강의 섬 중 내가 제일 좋아하는 섬이다.) 그 상상과 더불어 나는 50년 전 조한수 씨의 어머니가 어린 아들과 비둘기 한 쌍을 데리고 강을 건너기 위해 탔던 배를 생각했다. 그때에도 오리들은 그곳에 있었다. 오리들은 폭격을 피하지도 않았다. 아마도 오리들에게는 비행기나 트럭이나 모터 달린 배나 모두 마찬가지인지도 모른다.

강의시간 중 학생들은 조용히 글쓰기 연습을 하거나 텍스트를 읽었다. 프와 브의 발음이 다르고, 단수냐 복수냐에 따라 단어가 변하고, 이상한 콧소리를 내기 위해 혀를 코 안쪽 구멍에 대야 하는 프랑스어 음을 재현하려고 학생들은 억지로 꾸며낸 목소리로 책을 읽었다. 물론 그렇게 한다고 제대로 발음할 수 있는 것은 아니다. 아무튼 학생들이 무언가에 열중하는 동안 나는 머릿속으로 새 이야기를 구상했다. 그 이야기를 살로메에게 들려줄 것이다. 살로메가 눈뜨는 것을 보기 위해, 더 힘차게 숨 쉬는 소리를 듣기 위해. 가수 나비 이야기는 그렇게 탄생했다.

살로메에게 해준 가수 나비 이야기

2016년 9월

나비는 어린 나이에 서울로 왔다. 아마도 열다섯 살 때였던 것 같다. 강원도에 있는 작은 도시인 영월 출신으로 아주 예쁜 아이였다. 그녀의 진짜 이름은 권향수이다. '향기로운 물'을 뜻하는 동시에 '고향에 대한 그리움'이라는 뜻도 지닌 향수라는 이름에서 이미 그녀의 운명은 정해졌는지도 모른다. 향수는 아주 어려서부터 노래하는 것만 좋아했다. 할머니와 함께 교회에 다녔고, 일찍이 성가대에 들어갔다. 그녀는 손뼉을 치고 허리를 흔들면서 찬송가를 부르곤 했는데 신자들, 특히 남자아이들이 그런 모습을 좋아했다. 하지만 옛날 사람이라 고지식하고 엄격한 할머니 마음에는 들지 않았다.

"노래하면서 그렇게 몸을 비비 꼬지 마라. 사방에 악마가 있다는 사실을 알아야 해. 예배당에도 악마는 있단다."

그렇지만 향수는 할머니 말을 듣지 않았다. 찬송가가 시작될 때면 음악이 그녀의 몸 안으로 들어와 물결치는 듯한 느낌이었다. 그러면 목소리는 더욱 커지고 맑아지면서 다른 사람들의 목소리를 압도했다. 결국 향수 혼자 마이크 앞에서 노래하게 되었고, 신자들은 리듬에 맞추어 손뼉을 치면서 그녀를 따라 했다. 목사님도 피아노에서 약간 뒤로 물러나 노래를 들으며 그녀를 바라보았다.

향수는 예뻤지만 키는 그리 크지 않았다. 열다섯 살임에도, 게다가 벌써 젖가슴이 돋아 셔츠가 볼록해졌는데도, 열세 살 정도밖에 안 되어 보였다. 그녀는 토실토실한 종아리가 드러나는 예쁜 치마 입는 것을 좋아했고, 뒤꿈치를 들고 걷는 방법을 배웠다. 어떤 잡지에선가 그렇게 걸으면 엉덩이가 돋보인다는 기사를 읽었기 때문이다. 그뿐만 아니라 그렇게 걸으면 다 큰 처녀가 된 듯한 착각이 들기도 했다. 향수가 교회에 들어서면 랜들 목사는 (랜들은 목사의 진짜 이름이 아니다. 미국에서 산 적이 있어 그 이름을 사용했다.) 종종 "다리가 예쁜 아이가 왔네!" 하면서 그녀를 맞이했다. 할머니는 그것이 맘에 안 들었다. 하지만 차마 아무 말도 하지 못했다. 그는 목사니까. 게다가 랜들 목사는 머리가 희고 엉덩이가 큰 연상의 여자와 결혼했는데, 아무도 그 여자 앞에서는 감히 목사에 대해 이러쿵저러쿵 비난할 수 없었다. 사람들 말로는 실제로 교회를 통솔하는 사람은 목사가 아니라 목사 부인이며, 설교마저 부인이 준비한다고 했다.

교회는 현대식 건물 일 층의 커다란 작업장 같은 곳에 있었는데, 양쪽으로 열리는 문은 교회 문이라기보다는 차고나 나이트클럽 입구 같아 보였다. 문을 지나면, 400명 정도 들어갈 수 있는 커다란 홀이 있었고, 그 안에 강단과 영상 스크린이 있었다. 매주 일요일, 향수는 바로 그곳에서 노래를 불렀다. 성가대는 남자아이 여섯 명과 여자아이 여섯으로 구성되어 있었다. 아이들은 전부 파란색과 하얀색 옷을 입었다. 향수 혼자만 예쁜 원피스를 입거나, 하얀 셔츠에 청바지를 입고 무대에 오를 수 있었다. 예배의 주인공이기 때문이었다. 향수는 한국어로 찬송가를 불렀고, 재즈풍의 영어 노래도 불렀다. 어떤 때는 랜들 목사의 피아노 대신, 젊은 청년이 알앤비 리듬으로 연주하는 전자 기타 반주에 맞춰 독창하기도 했다.

향수는 그 순간만을 위해 살았다. 강단에 올라가는 순간 다른 사람, 아주 다른 사람이 된 느낌이었다. 시키는 대로 하는 어린아이가 아닌 어른, 자신이 무엇을 원하는지 잘 알고, 다른 사람들을 인도하고, 존경받는 여인이 된 것 같았다. 향수가 노래를 마치면 사람들은 박수를 쳤다. 그것도 할머니는 못마땅했다. 할머니는 이렇게 말하곤 했다. "우리가 있는 곳이 어디인지는 잊지 말아야지. 여기가 무슨 나이트클럽이라도 되는 줄 알아?"

향수 할머니는 랜들 목사를 별로 존경하지 않았다. 목사가 형편없는 사람이라는 것은 모두 알고 있었다. 그가 훌륭하고 순진한 노인이었던 전임 목사를 거짓말로 현혹했고, 영향력 있는 교회공동체 회원들의 표를 얻기 위해 돈을 뿌렸다는 사실도 알았다. 특히 과부 할머니들이나 돈 많은 할머니들이 목사의 매력과 선물에 넘어갔던 것이다.

향수의 할머니는 손녀딸에게 엄격했지만 인자하기도 했다. 할머니는 남편과 아이를 버리고 다른 남자와 도망간 며느리 대신 향수 엄마 노릇을 해주려고 애를 썼다. 향수의 아버지 역시 여자들 꽁무니나 쫓아다니고 거짓말을 밥 먹듯 하는 아무짝에도 쓸모없는 인간이었다. 그는 아무런 양심의 가책도 느끼지 않고 교회 돈을 훔쳐다

경마에 걸거나, 여자들에게 향수를 사주곤 했다. 하지만 할머니는 아들에게 한없이 관대했다. 막내아들이었기 때문이다. 그래서 할머니는 아들의 많은 잘못을 눈감아주었다. 이렇다 보니 할머니의 사랑은 손녀딸과 교회 일로 옮겨갔다. 향수의 예쁜 목소리와 예쁜 다리 덕분에 새로운 신자들이 늘어난다는 사실이 할머니 맘에 안 드는 것은 아니었다. 오히려 반대였다. 할머니는 그 모든 것이 주 예수 그리스도에 대한 봉사에 기여하는 것이라고 말하곤 했다.

그 시절 향수는 고모, 고모부와 함께 할머니 집에 살았다. 고모부는 신경질적이고 고약했지만, 할머니의 권위에 무조건 복종했다. 집안의 모든 것이 정상적으로 돌아가는 것처럼 보였다. 향수 아버지 지석조차—그는 지석이라는 이름보다, 마권업자라는 자기 일에 더 잘 어울리는 지폐라는 이름으로 불리기를 원했다.—정상적이고 규칙적인 삶을 살고 있다는 환상을 줄 정도였다. 매일 아침, 교회 옆 식당에 모두 모여 아침을 먹었고, 할머니는 한 사람 한 사람에게 훈계했다. 그러고 나서 향수는 근처에 있는 학교로 갔다. 그녀는 겨우겨우 중학교를 마쳤다. 학교가 끔찍하게 싫었던 것은 아니다. 하지만 학교에서 배우는 것이나 학급 친구들이 주고받는 이야기들은 자기 삶과는 아무 상관 없는 것 같았다. 친구들은 그저 쇼핑이나 화장, 남자애들과의 만남, 스포츠 경기, 혹은 텔레비전 드라마 같은 이야기만 할 뿐이었다. 향수 할머니 집에도 물론 텔레비전이 있었지만, 오직 기독교 관련 영화가 나올 때만 볼 수 있었다. 향수가 완전히 빠질 만큼 좋아했던 영화는 〈나니아 연대기〉였다. 그 영화에 등장하는 사자는 주 예수 그리스도를 나타내며, 독실한 신자들이 불경한 사람들 사이에서 올바른 길을 찾기 위해서는 전쟁도 불사해야 한다는 메시지를 할머니가 설명해 주었기 때문이다.

그러던 중 향수에게 인생 최고의 기회가 찾아왔다. 가수라는 직업을 향해 한 걸음 다가설 수 있는 결정적인 기회였다. 찬송가와 복음성가를 녹음하기 위해 노래 잘 하는 남녀 지원자를 찾는다는 기획사의 편지와 더불어 행운이 찾아온 것이다. 랜들 목사는 사무실로 향수를 불렀다. 목사는 아무에게도 그 편지 이야기를 하지 않았다. 하지만 만일 원하기만 한다면, 향수는 그 기획사가 찾는 가수가 될 수 있을 것이다. 소녀의 가슴이 마구 뛰었다. 랜들 목사가 말한 것은 향수가 오래전부터 꾸었던 꿈이었다. 언젠가 그녀의 시간이 올 것이고, 인생에서 원하는 것을 마음대로 할 수 있는 그런 꿈 말이다. 물론 그녀는 그런 꿈이 실현되리라고는 생각지도 못했다. 동시에 망설여지기도 했다. 할머니가 허락할까? 교회 신자들을 위해 성가대에서 노래하는 것과 돈 벌기 위해 노래하는 것은 완전히 다른 일이었다. 향수는 깍지를 낀 채 뒷짐을 지고, 커다란 남자 앞에 가만히 서 있었다. 자신의 운명을 결정해야 했다. 하지만 뭐라고 대답해야 할지 몰랐다. 얼굴이 빨개지는 것이 느껴졌다. 그런 모습을 보이는 것이 창피했다.

오디션은 바로 다음 날이었다. 도시 반대쪽에 있는 '제리코'라는 기획사에서였다. 향수는 지하철을 타고 약속 장소로 갔다. 건물 입구에 몇 사람이 있었는데, 그 사이에 랜들 목사도 있었다. 약간 거만해 보이는 멋쟁이 여자가 향수를 녹음실로 데려갔다. 그들은 랜들 목사의 동의하에 연습곡으로 영어 찬송가를 골랐다. 향수는 잘 모르는 노래였다. 하지만 라디오에서 들어본 적이 있었다. 그가사는 이랬다.

만유의 높임을 받으소서
영광 중에 계신 주

나 주를 경배하리
엎드려 절하며…

향수는 심호흡하고 상체를 뒤로 젖혔다. 그리고는 반
주 없이 약간 묵직한 목소리로 노래하기 시작했다. 그러
자 노래의 리듬이 그녀를 사로잡았고, 그녀는 눈을 감고
노래하면서 자연스레 몸을 흔들었다. 교회 강단 위에서
신도들을 마주하고 노래하듯이.

나 주를 경배하리
엎드려 절하며

향수가 노래를 마치고 눈을 떴을 때, 모든 사람이 그녀
를 바라보고 있었다. 음향 전문가들, 멋쟁이 여인, 그리고
랜들 목사까지. 그들의 시선에서 향수는 자신이 뽑혔다
는 것을 알아차렸다. 그녀는 마구 떨렸다. 너무 떨려서,
계약서에 서명한 후 자리에서 일어서려면 목사의 팔에 몸

을 기대야 할 정도였다. 마치 새로운 세상에, 새로운 태양 아래 다시 태어난 것 같았다. 향수는 서둘러 할머니에게 그 소식을 전했다. 하지만 계약서에 서명했다는 데도 할머니는 동의하지 않았다.

"계약서고 뭐고 도대체 열여섯 살짜리 아이가 무슨 서명을 한다는 거냐? 웃기는 일이다. 그 종이 찢어버리고 다시는 아무 생각도 하지 마라."

그 후 몇 주 동안은 향수에게 괴로운 시간이었다. 감히 할머니에게 애원할 수도 없었다. 하지만 가수가 되어 새로운 삶을 산다는 생각은 낮이고 밤이고 그녀의 머릿속을 맴돌았다. 특히 밤이면 현기증이 날 지경이었다.

랜들 목사는 엄격한 할머니의 생각을 바꾸려고 애를 썼다. 그는 말했다. "재미로 하는 게 아니라 신앙을 위한 겁니다. 향수의 목소리는 신이 주신 선물입니다. 아무도 그 재능을 파기할 권리가 없어요." 결국 할머니는 허락하고 말았다. 향수는 일주일에 두세 번 녹음할 수 있게 되었다. 단, 신앙인의 의무와 학교 공부를 게을리하지 않는다는 조건을 달았다. 그날, 랜들 목사는 반가운 소식을 전하려고 향수를 사무실로 불렀다. 주중이었고, 오후 시간이라 건물 안에는 아무도 없었다. 목사가 할머니의 동의를 얻어냈다는 소식을 이미 전해 들은 향수는 떨리는 마음으로 목사 사무실로 갔다. 이제 녹음할 수 있을 것이고, '제리코' 기획사의 스타 가수가 될 것이다. 하지만 그 호출이 그 남자가 파놓은 함정이란 걸 향수는 추호도 예상치 못했다.

"이리 가까이 오렴." 향수가 들어가자 랜들 목사가 말했다. 사무실은 오후 햇볕 때문에 너무 더웠다. 게다가 붉은 커튼이 쳐져 있었다. 문이 꽉 닫힌 사무실에는 침묵이 흘렀고, 희미한 붉은 불빛은 야릇한 느낌을 주었다. 향수는 심장이 막 뛰는 소리가 들리는 듯했고, 뒷짐 진 손가락은 오그라들었다. "이리 가까이 와. 나를 무서워할 필요 없어. 우리는 오랫동안 서로 잘 아는 사이잖니?"

목사님은 왜 저런 말씀을 하실까? 그의 목소리는 이상했다. 주일마다 신도들 앞에서 설교하던 랜들 목사의 커다란 목소리가 아니었다. 찬송가를 부를 때 '아'와 '오'를 강조하거나 'ㅊ'과 'ㄲ'을 지나치게 크게 부르게 하던 약간 장난기 있는 목소리도 아니었다. 이를 꽉 다물고 내쉬는 조금 날카로운 숨소리였다. 무슨 은밀한 비밀을 중얼거리는 것 같았다. 그의 숨소리를 들으면서, 향수는 움직일 수가 없었다. 특히 목사 말대로 그의 책상 앞으로 가까이 다가갈 수 없었다. 하지만 뒤로 물러설 수도 없었다. 발바닥이 나사못으로 고정된 채 사무실 나무 바닥에 딱 달라붙은 것 같았다. 그녀는 숨죽인 채 그저 눈을 내리깔고, 마치 악몽에서처럼 곧이어 닥치고야 말 다음 일을 기다리면서 가만히 서 있었다.

"향수야, 향수야, 나는 항상 네 생각뿐이란다. 나한테 너는 다리가 예쁜 아이, 나의 어두운 밤을 환하게 비추어 주는 아이란다. 알고 있니?"

랜들 목사는 책상을 떠나지 않았지만, 거대한 몸을 앞으로 숙이고는 의자에서 조금씩 미끄러지면서 앞으로 다가왔다. 이제 향수와의 거리는 몇 센티미터도 되지 않았다. 보지 않아도 향수는 그 남자가 다가오는 것을 느낄 수 있었다. 평소 그렇게 뻣뻣하고 냉담했던 남자가 책상 위에서 구불구불 미끄러지면서 다가오는 뱀처럼 변한 것 같았다. 그의 얼굴이 향수의 배와 가슴에 가까이 다가왔다. 목사가 계속해서 말하는 동안 향수는 치마와 블라우스 위로 그의 뜨거운 숨결을 느꼈다. 하지만 향수는 그가 무슨 말을 하는지 도무지 알 수 없었다. 그저 똑같은 말을 반복하며 속삭였고, 낮고도 집요한 목소리로 슈슈거리며 향수 이름을 불렀고, 한숨을 쉬었다. 그리고는 아무 말도 하지 않았다.

"예쁜 다리, 예쁜 다리…" 그의 목소리는 그 말을 반복했다. 향수는 그 남자가 향수 자신을 말하는 것인지 아니면 오로지 그녀의 다리나 몸만 탐하는 것인지 알 수 없었다. 마침내 향수는 목사를 바라보았다. 머리가 벗어진 이마에는 땀방울이 송송 맺혀 있었고, 진한 속눈썹 위로 약간 칙칙하고 주름 잡힌 눈꺼풀 윗부분이 보였다. 칼라가 다 구겨진 흰 와이셔츠도 보였다. 그는 팔을 책상에 기댄 채 두 손을 앞으로 내밀었다. 근육질의 시커먼 짐승 같은 두 손은 튀어나온 힘줄로 나무줄기처럼 보였다. 그 손은 향수의 다리를 붙잡았고, 천천히 위쪽으로 올라갔다. 금지된 곳까지.

나는 이야기를 멈추고 살로메를 쳐다본다. 살로메는 목을 지탱할 힘이 없는 듯 머리를 옆으로 기대고 있다. 얼굴은 흙빛으로 변했고 눈꺼풀은 감겨 있다. 내가 말을 멈추자 살로메는 눈을 뜨고 나를 바라본다. 그녀의 눈빛이 무엇을 말하는지 알 수 없다. 두려움인지 분노인지. 무슨 생각을 했을까? 요정 이야기를 해줄 거라고 생각했을까? 푸른 요정의 나라와 공주 이야기를? 옛날에 미경이 고모가 내 머리를 쓰다듬으면서 흡혈귀와 무서운 짐승 이야기, 혹은 귀신과 마법사 이야기를 해주었을 때 내가 느꼈던 것은 소름 끼치면서도 감미로운 전율이었다. 마치 금지된 문을 통해 삶의 표면 아주 가까이, 내 손 닿는 곳에 있는 어둡고 불길한 세계를 보는 것처럼 말이다. 내가 살로메에게 느끼게 해주고 싶었던 감정은 바로 그런 것이었다.

"그다음 이야기를 해줘요. 응? 언니야."

살로메가 나를 '언니'라고 불렀다. 옛날에 내가 투정 섞인 아이 말투로 미경이 고모를 부르던 것처럼. 바로 그 순간 내가 살로메에게 어떤 존재가 되었는지 깨달았다. 그녀는 내가 하는 말과 내가 꾸는 꿈에 의존하는 내 동생, 내 피조물이 된 것이다. 그러한 사실을 깨닫고 나면 우쭐한 느낌이 들었어야 했으리라. 하지만 왠지 모르게 기쁨보다는 두려움이 앞섰다. 현기증이 일었다. 갑자기 역할이 바뀌었다. 살로메의 시중을 들던 내가, 위풍당당한 여인의 초상화가 그려진 오만 원짜리 지폐를 받던 피고용인인 내가 이제는 주인이 된 것이다. 그녀는 내가 가진 욕망과 이야기에 좌우되면서 구불구불한 상상의 세계를 따라 맹목적으로 나를 따를 수밖에 없게 되어버렸다. 이제 나는 그녀의 생명을 조금이라도 연장하면서 죽음의 시간을 늦추게 하는 에너지가 계속 흐르게 할 수도, 그 흐름을 멈추게 할 수도 있는 힘을 가지게 된 것이다.

살로메가 아프고부터는 더는 바라볼 수 없었던 햇빛을 가리느라 드리운 붉은 커튼 뒤로 해가 저문다. 햇빛 때문에 눈을 뜰 수 없다고 불평하기에, 이대 입구 패션스토어에서 그녀를 위해 푸른색을 띠는 선글라스를 사다 주었다. 살로메는 선글라스를 한 번 써보더니, 옆에 있는 책상 위에 올려놓았다. 지금은 어디 갔는지 모르겠다. 살로메는 아무 말도 하지 않았지만, 나는 그녀가 변장을 원치 않는다는 사실을 깨달았다. 자신의 문제를 정면으로 마주 하고 싶은 것이다.

그날 랜들 목사 사무실에서 일어났던 일은 이후 향수

에게 펼쳐질 고단한 삶의 시작에 불과했다. 그녀는 아무에게도 그날 일을 말하지 않았다. 특히 할머니에게는. 하지만 그날 이후부터 교회에 가지 않았다. 아무런 설명도 하지 않았다. 할머니가 "우리 손녀딸 향수야, 네가 있어야 할 자리는 성가대란다."라고 말했을 때도, 그녀는 아무 대꾸도 하지 않았다. 그저 다른 곳을 바라볼 뿐이었다. 그 시선이 뭔지 모를 슬픔으로 가득하면서도 단호해 보였기에 할머니도 더는 고집을 부릴 수가 없었다. 그날 이후 향수는 저녁에 클럽에서 록 음악을 연주하는, 자기보다 나이 많은 남자아이들 밴드와 어울리기 시작했다. 향수는 그 밴드의 보컬이 되었다. 베이스기타를 연주하는 데이비드 최라는 키 큰 남자아이가 향수에게 말했다. "우리 밴드의 일원이 되려면 너에게도 이름이 있어야 해." 그녀에게는 다행스러운 일이었다. 어릴 적 이름을 계속 쓰고 싶지 않았기 때문이다. 그래서 그녀는 나비라는 곤충 이름을 선택했다. 처음에는 무당벌레라고 할까 생각도 했다. 손바닥에 머물다가 비밀임무를 완수하기 위해 일직선으로 날아가 버리는, 등에 붉은 반점이 있는 그 작은 벌레를 좋아했기 때문이다. 하지만 나비라는 이름이 훨씬 짧고 좋았다. 게다가 가만히 생각해 보니, 무당벌레는 너

무 약하고 거미의 함정에 빠지기도 쉬웠다. 그런데 거미
는 향수가 제일 좋아하는 가수의 예명이 아닌가. 아무튼
이제부터 향수는 나비가 될 것이다.

　나는 말하기에 지쳤고, 살로메는 듣기에 지쳤다. 그녀의 시
선이 무거워지고 눈꺼풀이 잿빛인 것을 보면 알 수 있다. 이번
에는 차를 마시지 않을 것이다. 물을 끓이고, 물이 식기를 기
다리고, 티백이 들어 있는 살람-티 다기에 물을 부을 기력도
없다. 아마도 나비 이야기가 우리의 에너지를 모두 소진시켰
기 때문인지도 모른다. 어쩌면 이 이야기는 그 끝을 듣고 싶
지 않은 많은 이야기 중 하나이기 때문인지도 모른다.

　나는 살로메에게 잘 있으라는 인사도 하지 않고 집을 나왔
다. 부엌에 앉아 핸드폰으로 열심히 손가락 운동을 하고 있
는 간병인에게도. 모든 것은 예정된 것인가? 아무런 희망도
없는 것인가? 살로메의 삶처럼, 어쨌든 아직은 남아 있는 그
녀의 생명처럼 말이다. 전염성 질병 분야의 전문의가 되기 위
해 세브란스 병원에서 인턴을 하는 내 친구 유리가 살로메가
앓고 있는 CRPS에 대해 설명해 주었다. 그 병은 치유가 불

가능하고 원인도 알 수 없을 뿐 아니라 점차 생명력을 소멸시킨다고 했다. 아주 천천히 시들어가는 꽃처럼 말이다. 신체의 모든 기능은 나날이 소멸되고, 뜬눈으로 밤을 지새우는 날이 많아진다. 그러나 뇌의 기능은 사라지지 않는다. 상상력과 불안감, 행복에 대한 열망, 혹은 원한이나 질투, 악랄한 음모에 대한 생각은 그대로이다. 거대한 공간에서 길을 잃고 헤매는 한 척의 배가 된다. 두뇌는 더 이상 명령하지 않는다. 그저 자신의 배가 난파하는 것을 지켜볼 뿐이다. "빛나야, 그건 병이라기보다 일종의 저주야."라고 유리는 말한다. 유리가 그런 단어를 사용하는 것이 무척 놀랍지만, 이해 못 하는 것은 아니다. 유리는 신앙심이 매우 깊고, 이른바 종말론을 믿는다. 알 수 없는 병으로 고통을 겪으면서 초라한 침대에 누워 있는 욥의 이야기를 안다. 욥은 아무 죄도 짓지 않았다. 그러나 고통받는다. 하느님이 그것을 원하셨기 때문이다. 겸손해야 하고, 인간은 아무것도 아닌 존재임을 인정해야 하며, 반항해서도 안 되고, 삶을 포기해서도 안 된다는 것은 나도 잘 안다. 하지만 나는 불교에 더 가깝다. 환생을 믿진 않지만 생명이란 우리 모두를 감싼 대양과도 같은 것이며, 죽음이란 우리가 알지 못하는 어떤 다른 형태의 삶으로 우리를 데려가는 것이라고 생각한다. 또한 우리는 모두 서로서로 연결되어 있다고 생각한다. 아이는 부모와, 조상은 자손과 연결되어 있으며, 아직 태어나지 않은 남자나 여자는 현재 살아 있는 사람과 연결되어 있을 뿐 아니라 이미 세상을 떠난 사람에게도 손을 내밀고 있다고 말이다.

"언니, 언니가 오지 않을까 봐 너무 두려웠어요."

살로메가 휠체어 위에서 자세를 바로 하려고 애쓰던 중, 등을 받치고 있던 쿠션이 미끄러져 내려왔다. 그녀가 쿠션을 바로 잡으려고 손을 뒤로한 사이, 태풍이 지나간 후의 무더운 날씨에도 불구하고 무릎을 덮고 있던 네모난 담요가 미끄러졌다. 나는 그녀의 다리를 보게 되었다. 너무도 하얗고 너무도 가는 두 다리가 접힌 채, 보이지도 않는 말을 달리게 하려는 마부 자세로 가지런히 놓여 있었다. 나는 천천히 언니처럼 담요를 다시 덮어 주었다. 그러자 살로메가 팔걸이에서 손을 들어 내 얼굴과 내 머리카락을 어루만졌다.

"나비 이야기는 너무 슬퍼요. 그러니까 어서 그 이야기를 끝내요."

살로메가 말했다. 그녀는 애써 명랑한 척했지만, 고통스러운 목소리에서 쾌활함을 가장하고 있음을 알 수 있었다.

나도 똑같이 쾌활하게 대답했다.

"그래요. 끝냅시다. 그리고 난 후 워너비 살인자 이야기를 끝낼 수 있을 거예요. 그다음에는 두 개의 용 이야기를 할 게요."

손을 움직일 수 없는 그녀가 마음속으로 박수를 치고 있음을 느낄 수 있었다.

"네, 네, 그렇게 해줘요. 난 환상적인 이야기가 너무 좋아요."

살로메가 간병인에게 교육을 시켰나? 왕 씨 아줌마가 쟁반에 살람-티 다기와 찻잔과 뚜레쥬르 제과점 과자를 담아 가지고 들어왔다. 돈이 없어 어제부터 아무것도 먹지 못한 걸 살로메는 어떻게 알았을까? 어쩌면 고통받는 사람 특유의 통찰력으로 내가 어제 시작한 이야기를 끝낸 후 바드득 소리가 나는 5만 원짜리 지폐들을 받기 위해 온 것을 알아챘는지도 모른다.

이제 나비는 이전까지의 삶과는 완전히 다른 새로운 삶을 살게 되었다. 그녀는 할머니에게 아무 말도 하지 않고 집을 떠났다. 어느 날 아래층 창문으로 밖에 나왔다. 짐 보따리도 없었고 돈도 없었다. 나비는 남자아이들 밴드의 녹음실에서 살게 되었다. 나비에게 그렇게 제안한 친구는 데이비드 최였다. 녹음실은 강남 교대역 근처 작은 골목의 건물 지하에 있었다. 친구들은 그녀에게 요 하나를 사주었고, 가구들과 전자기기들을 벽 쪽으로 밀어 공간을 만들어 주었다. 세면대도 있었고 일 층과 지하 사이에는 화장실도 있었다. 그곳은 누에고치처럼 따뜻하고 조용했다.

매일같이 나비는 낮에 자고 저녁때 일어나, 녹음실로 모여드는 남자아이들을 맞이한다. 그들은 악기를 연주하고 나비는 그들이 작곡한 곡을 노래한다. 나비가 가사를 쓰고 곡을 만들기도 한다. 그럴 경우에는 남자아이들이 노래한다. 나비의 일생 중 가장 행복했던 시간이다. 음악은 작은 작업실을 꽉 채우고, 벽과 천장에 부딪히면서 소리를 낸다. 때로는 소리를 지르고, 때로는 낮고 허스키한 목소리를 내면서, 나비는 노래를 부른다. 최는 그녀의 목소리가 섹시하면서도 무겁다고 한다. 그는 나비가 노래하면서 몸을 좀 흔들어주길 바란다. 사람들은 록 가수에게서 그런 동작을 기대한다는 것이다. 하지만 나비는 몸을 뒤로 젖힌 채 움직이지 않기로 결심했다. 진 바지와 흰 와이셔츠는 그녀의 유니폼이다. 남자아이들도 그녀의 의견을 따랐다. 그들도 반바지와 요란스러운 티셔츠 대신에 검은 진 바지와 긴 팔 흰 와이셔츠를 입는다. 이름도 바꿨다. 이제 그들은 플레민이나 덱스터, 혹은 인트로라 부르지 않는다. 검은 진과 하얀 셔츠라고 부르지도 않는다. 그저 단순히 나비라 부른다. 그들은 그녀의 이름을 택하고, 그녀를 위해 연주하고 그녀를 위해 산다.

　살로메는 나비가 남자아이들과 함께했던 그 시간을 좋아한다. 눈이 밝아지면서 애써 미소 짓는다. 작은 작업실, 폭발적인 음악 소리, 벽을 때리는 드럼 소리, 그리고 방 한가운데서 움직이지도 않고 노래하는 자그마한 향수, 천장에 매달린 알전구 빛을 받아 반짝이는 그녀의 검은 머리칼, 그리고 악기 소리보다 더 큰 그녀의 목소리를 상상하는 것이 보인다. 더 이상 말이 필요 없는 말들, 자유로운 말들, 행동하는 것보다 더 강력한 말들, 죽음보다 더 강렬한 말들을 똑똑히 발음하는 향수의 묵직한 목소리를….

　그 이후 그녀와 나비밴드의 모든 일은 빠른 속도로 잘 진행되었다. 제리코 기획사가 발굴한 가수에 대한 소문은 이미 SNS에 널리 퍼져 있었기에, 아이들은 나비를 앞세워 순회공연 주최자와 계약을 체결했고, 사설 무대나 강남에 있는 클럽에서의 공연을 기획했다. 공휴일에는 신촌역 상가 앞에 설치된 무대에서도 공연했다. 인천에도 갔다. 어떤 사진작가가 그녀에게 관심을 가졌다. 그는 나이가 좀 들었지만 엉뚱한 구석이 있는 남자였다. 그는 여의도에 〈전위예술 펄 스튜디오〉라는 작업실을 가지고 있었다. 그 남자는 나비를 위해 작업실을 새 사육장으로 바꾸었다. 물론 나비라는 이름에서 영감 받은 것이었다. 그곳에는 온갖 색깔의 새들이 화분에 담긴 목련나무 줄기들 사이로 자유로이 날아다녔다. 나비들도 있었다. 나비는 한 번도 그런 것을 상상해본 적이 없었기에 마치 눈을 뜬 채 꿈을 꾸면서 사는 것 같은 느낌이었다. 남길이 찍은 사진들은 너무도 놀라웠다. 그녀의 얼굴은 벽 전체 높이로 확대되어 있었고, 동공이 팽창된 눈은 납빛 바다를 반사하는 듯했다. 동공을 크게 하려고 남길은 나비에게 이상한 음료를 먹였다. 붉은 독말풀 꽃을 우려낸 탕약 같은 것이었는데, 그것을 먹고 나서 사진을 다 찍은 후에도 나비는 한참 동안 몽롱한 상태에 있었다. 남길은 부드러운 남자였다. 그는 살이 조금 찐 커다란 고양이나 잔털이 많이 난 곰 같았다. 나비는 몸을 둥글게 말고 그 남자 팔에 안겨 오후 내내 잠을 잤다. 그녀가 잠을 자는 동안 그는 그녀의 귀에다 다정한 말들을 속삭였다. 그녀의 삶에서 그렇게 달콤한 시간을 보낸 것은 아주 오랜만이었다. 사촌 언니 미경과 함께 저녁 시간을 보내면서 언니가 해주던 마법사와 늑대인간 이야기를 듣던 시절 이후 처음이었던 것이다.

살로메는 마치 자기 이야기인 것처럼 한 마디 한 마디를 주의 깊게 듣는다. 그녀는 내 이야기가 지어낸 이야기가 아님을 안다. 나는 이야기를 지어낼 줄 모른다. 그저 이름을 바꾸고 이야기 배경이 되는 장소를 상상할 뿐이다. 물론 우리 고모 이름도 미경이고, 고모 역시 아이들에게 공포감을 조성하는 데 최고 선수라는 사실을 그녀는 알 수 없을 것이다. 그녀는 말한다.

"남길이라는 사진작가, 믿을 만한 사람인가요?"

"물론 아니죠." 나는 답한다. "다른 남자들처럼, 랜들 목사처럼, 늑대지요. 스토커들에게 그렇듯이 나비는 그 남자의 먹잇감이에요. 성경 말씀 아시잖아요. 나비는 늑대 무리에 던져진 어린 양 같은 존재랍니다. 그것이 그녀의 삶이었어요. 그래서 할머니는 손녀딸이 교회와 상관없는 곳에서 노래하는 가수가 되는 걸 반대하셨던 거지요. 어떤 일이 벌어질지 할머니는 알고 계셨던 거예요. 하지만 그녀를 막을 수 없었지요. 자신이 선택한 일이니 나비는 끝까지 갈 수밖에 없어요."

내가 그렇게 말할 때 살로메가 부르르 떠는 것이 느껴진다. 그녀에게 이야기는 그저 단순한 이야기로 그치지 않는다. 그것은 마음을 건드리고 온몸을 흥분시키는 격한 감정이기도 하다. 마디마디를 콕콕 찌르는 일침이자, 눈 뒤쪽으로부터 끈질기게 밀려오는 고통의 물결이다. 살로메는 이야기를 원하지만 그 이야기 때문에 고통받고 두려움에 사로잡힌다. 나는 그녀의 팔뚝이 움직이는 걸 보며 그녀의 가슴이 마구 뛰는 것을 느낀다. 뒤로 젖힌 목에서 맥박이 뛰는 것도 보인다.

하지만 어떤 희생을 치르고라도, 내가 이야기를 하나씩 할 때마다 살로메의 수명이 조금씩 줄어든다 해도, 이야기를 계속해야 한다.

향수는 나비라는 이름으로 유명해졌다. 그리고 사진작가 남길의 애인이 되었다. 나비밴드 남자아이들은 그 사실이 마음에 들지 않았다. 그들하고는 콘서트 사이사이, 한번은 한 남자애와, 또 한 번은 다른 남자애와, 밤에 클럽에서 열기와 더불어 폭발하는 스포트라이트 조명을 받았을 때는 세 남자아이와 동시에 가볍게 애무했을 뿐, 아무하고도 그 이상은 발전하지 못했지만, 그들 셋 모두 나비를 사랑하고 있었기 때문이다. 남길하고는 훨씬 편안하고 자연스럽게 진행되었다. 둘의 관계는 남길의 작업실에서 처음 시작되었다. 덩굴나무들과 새들이 있는 작업실 한가운데에서 남길은 나비의 블라우스를 벗기고 가슴을 애무했다. 그들은 아주 부드럽게 사랑했다. 쾌락을 느낀 것은 아니었지만 나비는 그 남자의 몸 가까이 있는 것이 좋았고, 그의 몸에서 나는 향기가 좋았고, 얼굴을 가릴 만큼 흐드러진 긴 머리칼이 좋았다. 그 후, 서울에서 발행하는 잡지에 나비의 사진이 나왔다. 그다음에는 『보그』, 『에스콰이어』, 『포브스』 같은 미국 잡지에도 나왔고, 급기야 멕시코, 영국, 프랑스 등 전 세계 잡지에서 거의 동시에 그녀의 사진을 실었다. 이제는 스태프들이 공연 황금시간대를 얻기 위해 협상할 필요가 없었다. 사람들은 나비를 초대했고, 나비가 포스터의 주인공, 즉 무대의 주역이었다. 그러자 남길은 스태프들을 내쫓아 버리고 자기가 제작자인 동시에 보호자가 되었다. 아마도 그녀를 통해 부당한 이득을 취하는 착취자이기도 했을 것이다. 나비와 함께 음악 하던 남자아이들은 그렇게 생각했다. 그들 역시 해고 통지를 받았고, 마음이 무척 아팠다. 남길은 콘서트를 할 때마다 직접 뮤지션들을 골랐다. 아마추어도 아이들도 아닌 전문적이고 유명한 진짜 음악인들, 그리고 계란상자들로 방음장치를 한 신촌의 조그만 지하 창고가 아닌 로스앤젤레스나 뉴욕에서 일한 경험이 있는 음향전문가들이었다.

이제 나비는 더 이상 자신의 노래를 작곡할 수 없었다. 자기가 만든 곡을 부르겠다고 고집부려 보았지만 남길은 막무가내였다. 곡 쓰는 것은 나비 몫이 아니었다. "나비야, 우리 아가." 그는 그렇게 불렀다. 절대로 크게 말하는 법이 없었다. 항상 부드럽고 다정했다. 연인이 아니라 오빠처럼 나비의 머리를 쓰다듬곤 했다. "난 무엇이 네게 이로운 것인지 잘 알아. 자장가를 부르던 시기는 지났단다. 이젠 너의 진짜 삶을 시작해야 해. 넌 유명한 가수야. 전 세계를 돌아다니며 공연할 거야. 너를 보러 온 사람들로 런던, 뉴욕, 도쿄의 공연장이 꽉 찰 거라고. 모든 사람이 너를 따르며 환호하고, 모든 사람이 너를 좋아할 거야. 엄마도 없이 교회에서 노래하던 꼬마였던 너, 학대받고 무시당하던 너에게 이 얼마나 큰 보상이니? 불행에서 벗어나려고 집을 나왔던 네게 말이다."

남길이 그렇게 말하면, 나비의 눈에서는 눈물이 흘러넘쳐 뺨을 적셨다. 가슴 속 깊은 곳에 박혀 있던 슬픔, 목이 막히고 배가 뒤틀리도록 사무치는 슬픔을 느낀 것은 그때가 처음이었다. 남길의 다정한 목소리가 그녀의 가슴 속으로 들어와 얽힌 매듭들을 하나하나 풀어버렸고, 기억 속에 남아 있던 눈물을 터뜨려 버렸다. 그러자 그 눈물은 눈두덩 위로 넘쳐흘렀다.

사진작가의 말은 모두 사실이었다. 이제 나비에게는 자

유로운 시간이 조금도 없었다. 매일매일 순회공연을 준비했고, CD를 녹음했고, 라디오나 텔레비전에 출연했다. 이제까지 그랬던 것처럼 아무 데서나 살 수도 없었다. 남길은 한강에서 멀지 않은 곳에 아파트 하나를 구해주었다. 13층에 있는 집이었다. 그는 매트리스와 플라스틱 의자 등 기본 가구와 화면이 아주 큰 텔레비전을 들여놓았다. 아파트의 장점은 익명성이 보장된다는 데 있었다. 아무도 다른 사람에게 관심을 갖지 않았다. 출입문에는 비밀번호가 있어 누구나 함부로 들어올 수 없었을 뿐 아니라, 수위 아저씨까지 지키고 있어 아파트는 매우 안전했다. 경찰에서 은퇴한 아저씨는 외부인과 구경꾼들을 막는 데 적격이었다. 수위 아저씨는 나비와 금방 친해졌다. 나비가 들어오고 나갈 때마다 아저씨는 공손하게 인사했고, 나비도 다정한 미소로 아저씨에게 화답했다. 나비는 삶에서 처음으로 자유와 행복을 느꼈다. 가슴에는 음악이 있었고, 사진작가의 사려 깊은 배려가 있었다. 마치 자신이 귀염받는 애완동물, 순하고 꿈 많은 인형이 된 느낌이 들었다. 그녀는 커다란 창문 앞에 놓인 매트리스 위에 앉아 멀리서 반짝이는 강물을 바라보곤 했다. 때로는 지나간 시간을 생각하기도 했다. 옛날이, 특히 세 남자아이와 함께 음악 하던 시절이 그리웠다. 그들의 소식은 별로 듣지 못했다. 가끔 콘서트가 끝나고 나올 때면, 지나가는 나비를 보고 복도 끝에서 미친 듯이 소리를 질러대는 여자아이들 틈에 끼어 그녀를 기다리고 있는 그들을 보기도 했다. 그들은 나비에게 무슨 말인가 하려고 했지만 경호원들이 그들을 밀쳐냈고, 사진작가는 곧바로 나비의 팔을 잡고 보도에 주차된 리무진으로 데려갔다. 그들은 나비에게 무슨 말을 하고 싶었던 것일까? 그것이 무엇인지 도무지 알 수 없었지만, 나비는 가슴이 저리고 아팠다. 그들은 앞으로 그녀에게 일어날 일을 알려주는, 그녀가 모르는 무엇인가를 알고 있기에 그 위험을 예고하려는 전달자인 것 같았다.

나비는 언젠가 한 번 남길에게 그런 이야기를 했다. 그랬더니 남길은 거친 태도로 그런 생각을 쫓아버렸다. "그런 생각 하지 마, 나비야. 걔네들은 이제 조금도 중요하지 않아. 너한테 분명히 말해두는데, 그 애들은 네가 성공하고 돈 잘 버는 것을 질투하는 거야. 네가 번 돈을 나누어 먹고 싶은 거라고. 그 애들이 저작권을 요구하려고 변호사를 고용할 생각까지 하는 걸 알아. 그래서 너한테 옛날 노래는 부르지 말라고 했던 거야. 그 애들은 탐욕스러워. 네 피를 빨아먹으려 한단 말이야!" 그런 이야기는 나비의 마음을 너무도 아프게 했다. 나비는 예전에 자기를 도와주고, 그토록 친절했던 그 남자아이들이 몇 년 사이에 그 정도로 변했다는 것을 도무지 믿을 수 없었다. 갑자기 인생이 외롭다는 생각이 들었다. 그녀의 노래를 들으러 몰려드는 관중에도 불구하고, 기자들과 제작자들과의 계속되는 만남에도 불구하고, 수많은 선물과 남길의 배려에도 불구하고, 나비는 외로웠다. 나비와 정상적인 관계를 맺는 사람은 건물 입구 계단 옆 작은 방에 사는 나이 많은 경찰 출신 수위 아저씨뿐이었다. 나비는 그 아저씨 이름도 몰랐다. 하지만 종종 일과가 끝나고 잠시라도 자유시간이 주어지면, 밑으로 내려가 아저씨와 이야기를 나누었다. 아저씨는 전쟁 전의 삶에 대해 이야기했다. 아기였던 자신을 둘러업고 포탄이 날아드는 38선을 넘었던 아저씨 어머니 이야기를 했다. 미군 병사가 찍었다는 사진을 인터넷에서 찾아 나비에게 보여주기도 했다. 사진에는 거지처럼 누더기를 걸친 젊은 여인이 발밑에 옷 보따리를 놓고, 등에는 커다란 포대기로 아기를 들쳐 업은 채서 있었다. 빡빡 깎은 머리에, 콧물로 지저분한 코, 먼지로 까매진 입. 그 아이는 배고픔과 두려움으로 눈을 동그랗게 뜨고 있었다. "이게 바로 나라오. 엄마하고 나는 38선을 넘어 남쪽으로 왔답니다." 보따리에는 구멍 뚫린 작은 상자가 매달려 있었고, 그 안에는 비둘기 한 쌍이 들어 있었다. 하지만 그는 비둘기 이야기는 하지 않았다.

여인 뒤로는 폭탄을 맞아 움푹 패여 황폐해진 풍경이 보였다. 그리고 커다란 강이 보였다. 나비는 그 강이 한강임을 금방 알 수 있었다. 수위 아저씨가 말하는 게 진짜인지, 그 사진에 찍힌 사람이 진짜로 아저씨와 아저씨의 어머니인지는 알 수 없었지만, 그 사진을 보자 나비의 마음이 흔들렸다. 그 생각을 하면 눈물이 났다. 아기였을 때, 다른 남자와 살려고 자기를 버린 엄마 생각이 났기 때문이다.

살로메는 내 이야기를 듣고 있다. 살로메도 감정의 동요가 이는 듯했다. 어느 정도는 자기 이야기이기 때문이다. 그녀의 엄마 아빠는 불치의 병에서 도망가려고 딸에게 모든 재산을 남긴 채 자살해 버리지 않았던가. 이제는 그녀 차례다. 병에 걸린 그녀는 죽음의 문턱에 다가서고 있다.

나비의 삶에 누군가 새로이 끼어들었다. 어느 날, 남길은 한 여자를 소개했다. 이름은 김유미이고, 스물세 살이었다. 얼굴은 약간 길었고 윤기 나는 검은 머리칼은 허리까지 내려왔다. 그녀는 나비의 매니저가 될 것이며, 언론과 약속을 잡는 등 모든 일정을 관리할 것이다. 그녀는 수줍은 듯 작은 목소리로 말했고, 약간 거리를 둔 채 남길 뒤에 서 있었다. 얼마 지나지 않아 그녀는 나비에게 꼭 필요한 존재, 나비와 이 세상 사이에 존재하는 유일한 사람이 되었다. 그녀는 나비의 친구가 되었다. 콘서트가 없는 날이면 나비와 함께 시간을 보냈다. 식당에도 같이 갔고 장도 같이 보았다. 그녀는 말이 많지 않았다. 주로 나비의 이야기를 듣는 편이었다. 처음에는 나비를 선생님이라고 불렀다. 마치 나비가 자기보다 훨씬 나이가 많은 것처럼 말이다. 하지만 나비는 그렇게 부르지 못하게 했다. "차라리 언니라고 불러. 내가 너의 선생님은 아니잖니." 언니라고 편하게 부를 수 있게 하려고 나비는 그녀를 동생이라고 불렀다. 하지만 김유미는 기껏해야 향수 씨라고 부를 뿐 더 이상의 친밀한 호칭은 쓰지 않았다. 유미와 함께 생활하면서 나비의 삶은 달라졌다. 매트리스에 앉아 창밖을 내다보면서 보내는 시간이 이전보다 줄어들었다.

외출하기 위해 유미의 전화를 기다렸고, 둘이 택시를 타고 쇼핑센터에 가거나 홍대 앞 작은 식당에서 가볍게 식사하기도 했다. 때로는 저녁에 힙합 음악을 들으러 클럽에 가기도 했다. 그 무렵, 나비는 할머니가 몹시 아프다는 사실을 알게 되었다. 벌써 몇 년째 할머니를 만나지 못했다. 할머니는 향수가 선택한 삶을 절대로 인정하지 않았기 때문이다. 그래서 손녀딸이 몇 번이나 만나자고 연락했지만 할머니는 그때마다 거절했다. 사촌을 통해 나비는 그나마 다행스러운 소식을 듣게 되었다. 마침내 스캔들이 터졌던 것이다. 랜들 목사가 성가대 소녀를 성추행하는 바람에 본색이 드러났지만, 소녀의 부모는 추문을 피하고자 그 남자를 고소하지 않았다고 한다. (물론 신자들이 압력을 가했기 때문일 것이다.) 하지만 그 추악한 인간은 아주 멀리, 서아프리카인지 베트남인지로 추방되었고, 그 이후 아무도 그의 소식을 듣지 못했다고 한다. 엉덩이가 커다란 목사 부인은 이혼한 후 다른 남자와 재혼했고, 모든 것은 정상을 되찾았다고 한다. 하지만 나비는 마치 자기가 무슨 잘못이라도 저지른 것처럼, 그들로부터 소외되고 자기만 버려진 것 같아 씁쓸한 느낌이었다. 그래서 할머니에게서 만나자는 연락이 왔을 때 조금도 망설이지 않았다. 그 만남을 준비한 사람은 남길과 유미였다. 나비에게는 아무것도 알리지 않은 채, 그들은 이 만남을 미디어를 통해 이벤트로 만드는 데 성공했다. 나비는 교회의 모든 신자 앞에서 찬송가와 복음성가를 부를 것이고, 공연 장면은 고심해서 고른 카메라에 담길 것이다. 그 공연은 크리스마스를 며칠 앞둔 어느 겨울 저녁에 이루어졌다. 전날 밤에 눈이 많이 왔다. 벌써 크리스마스를 위한 화려한 조명이 환하게 켜져 있었고, 교회 내부는 솜으로 만든 공들을 매단 크리스마스트리와 선물들로 장식되어 있었다. 교회는 초만원이었다. 나비가 강단 위로 올라갔다. 예전에는 단정한 옷차림이거나 아니면 하얀 셔츠에 청바지를 입고 오르던 곳이었다. 하지만 남길은 이 공연을 위해 몸에 꼭 달라붙는 붉은 드레스와 색깔이 요란한 무도화를 준비했다. 나비는 첫 줄에 한 자리가 빈 것을 보았다. 도대체 누가 저 자리에 앉을지 궁금했다. 그때 할머니가 두 여자의 부축을 받으며 들어오는 것이 보였다. 할머니는 검은 옷을 입었고 머리는 촘촘하게 웨이브가 지도록 세팅한 모양이었다. 얼굴이 창백한 걸 가리려고 화장도 정성스럽게 했다. 할머니는 빈자리로 천천히 걸어와 똑바로 앉았다. 그리고는 나비를 바라보았다. 그것은 작

별을 고하는 시선이었다. 할머니 얼굴에서는 아무런 감정
도 읽을 수 없었다. 웃지도 않았다. 손녀딸을 냉혹한 시
선으로 바라볼 뿐이었다. 그 시선은 나비의 뇌리에 깊이
박혔다. 나비는 옛날처럼 등을 뒤로 젖히고 거의 움직이
지 않은 채 노래했다. 우선은 반주 없이 혼자 불렀다. 그
런 다음, 반주자들은 기타를 연주했고 타악기 연주자는
북을 치기 시작했다. 그러자 그곳에 온 모든 사람이 열광
했다. 그들은 박자에 맞추어 손뼉을 치면서 〈나 주를 경
배하리, 엎드려 절하며〉라는 찬송가를 나비와 함께 불렀
다. 그러고 나서 긴 침묵이 흐른 후, 나비가 약간 허스키
한 저음으로 천천히 〈아리랑〉을 부르자 관객들의 열광
은 절정에 이르렀다.

　그게 다였다. 할머니와의 만남은 없었다. 남길은 단호
하게 말했다. "노래를 마치고 나서는 강단을 내려와 뒷문
으로 떠나는 거야. 유미가 널 도우려 거기서 기다리고 있
을 거다." 왜 그래야 하는지 설명이 필요 없었다. 노래 마
지막 소절이 끝나자마자 할머니는 두 여자의 부축을 받으
며 자리에서 일어나 뒤도 안 돌아보고 나가 버렸기 때문
이다. "할머니가 또 너를 보고 싶으면 언제든지 볼 수 있
을 거다. 네가 어디 있는지 아시니 말이다." 하지만 크리스

마스 때의 그 만남 이후 아무런 소식도 없는 것으로 보아 할머니는 분명 아무것도 용서하지 않았다. 2월경, 나비는 전화에 남겨진 메시지로 할머니가 뇌출혈로 쓰러져 돌아가셨다는 것을 알게 되었다. 아무런 감정도 느껴지지 않아 나비 자신도 놀랐다. 교회에서 마지막 공연 때의 열광적인 함성이 머릿속을 꽉 채워버린 것처럼, 아무 소리도 들리지 않았다.

바로 그해 겨울에 나비는 친구라고 믿었던 유미가, 동생이라 불렀던 유미가 사진작가의 정부가 된 것을 알게 되었다. 그뿐만 아니라 은행에서 보낸 통지문으로 계좌는 텅 비었고, 그녀에게는 한 푼도 남아 있지 않다는 사실도 알게 되었다. 그녀가 살고 있는 아파트 집세는 6개월이나 밀려, 집주인인 은행은 입주자를 쫓아내기 위한 절차를 진행 중이었다. 겨울이 끝나는 4월에 나비는 집을 비워야 했다. 갈 곳이 없었다. 그녀는 삶이 달라진다는 생각, 현실과 마주해야 한다는 생각에 두렵기만 했다. 지난 5년 동안 무대에서 공연할 때의 소란과, 늘 바뀌는 뮤지션들과의 연습과, 아파트의 정적 사이에서, 유미가 오기를 기다리며 로봇처럼 살았다. 점점 유미의 방문이 뜸해졌다.

이제야 왜 그랬는지 알 것 같았다. 남길은 여전히 다정하고 세심하게 나비를 챙겨주었다. 나비 혼자 있을 때면 아파트에 찾아와 그녀와 섹스를 하기도 했다. 하지만 뭔가 중요한 업무 약속이라도 있는 듯, 아니면 가정으로 돌아가야 하는 남자처럼 서둘러 가버렸다. 하루는 얼굴 왼쪽에 긴 할퀸 자국이 있는 채로 나타났다. 그는 길고양이가 할퀴었다고 했지만, 나비는 유미가 낸 상처임을 알아차렸다. 유미는 모두가 현실을 직시하도록 연인의 얼굴에 확실하게 도장을 찍었던 것이다. 이 모든 것 때문에 나비는 머리가 돌 지경이었다. 질투와 경멸로 나오는 상투적인 욕, 날카로운 소리는 잠들기 위해 마셨던 소주 몇 병보다 더 그녀의 정신을 마비시켰다. 유미와 남길의 배신과 더불어 나비의 인기도 떨어지기 시작했다. 언론은 이제 그녀의 노래에 싫증을 냈다. 아니, 다른 여자아이를 발견했다. 짧은 바지에 금실·은실로 수놓은 재킷을 입은 더 젊은 록 가수를. 그녀는 머리를 빨갛게 물들였고, 그래서 예명은 '빨강 머리 애니'였다. (아마도 만화 캐릭터일 것이다.) 나비의 삶에는 침묵이 흘렀다. 이제 그녀는 아파트 밖에도 잘 나가지 않고 의기소침한 채 창가에 앉아 있거나, 수위 아저씨인 조 씨가 아주 오래전 어머니와 함께 떠나온 산

너머 저쪽으로 멀리 날아가는 꿈을 꾸었다. 아저씨는 언젠가 그곳으로 돌아갈 것이라고 말하지 않았던가. 조 씨 아저씨만 날마다 한 번씩 들러 먹을 것을 주고 갔다. 두 칸 도시락에 담긴 자신의 점심을 나누어준 것이다. 아주 소박한 음식이었다. 밥과 김치, 사골국, 소금 뿌려 구운 갈치 한 조각이 다였다. 그는 나비가 아무 말도 하고 싶어 하지 않는 것을 잘 알았다. 그래서 문 앞에 도시락통을 놓고 벨을 누른 후, 그냥 사라졌다. 나비의 삶에서 유일하게 인간애를 느끼는 순간이었다.

이야기가 끝났다. 살로메도 알고 있다. 이야기의 끝을 달리 하려 해도 내 마음대로 할 수 없다. 살로메가 몸을 약간 앞으로 숙이니 목의 힘줄이 돋보인다. 두 젖가슴이 보인다. 목동맥이 팔딱거리는 것도.

"빛나 씨, 제발 이야기를 계속해 줘요. 지난번처럼 미완성인 채 이야기를 끝내지 말아요. 나비에 대해 다 알고 싶어요. 그래야 해요. 내 말 이해할 수 있어요?"

돈을 받고 안 받고는 문제가 아니다. 뒤돌아 그 집에서 나올 수 있다면, 그녀에게 받은 오만 원짜리 지폐들을 다 되돌려주고, 최근 몇 달 동안 내가 먹고살 수 있도록 나를 고용한 이 나이 들고 돈 많은 여자의 약간 찡그린 듯한 미소를 잊을 수만 있다면, 나는 망설임 없이 그렇게 하리라.

"제발, 제발." 나약한 목소리로, 그러나 변덕스러운 여자아이의 코맹맹이 소리로 살로메는 같은 말을 반복했다. 동시에 그녀는 휠체어 손잡이를 잡은 손이 새하얘질 때까지 있는 힘을 다해 앞뒤로 몸을 흔들었다.

나는 이야기를 계속했다.

그 일은 새벽에 일어났다. 고통받는 사람들에게 새벽은 가장 잔인한 시간이다. 밤이 지나면 날이 밝지만, 잠을 설친 그들은 쉬지 못했기 때문이다. 나비는 부엌까지 걸어갔다. 아니, 다리를 접고 땅바닥에 주저앉은 채 기어서 갔다. 아마도 술과 약 기운 때문에 일어날 수가 없었을 것이다. 어쩌면 창문이나, 거실 옷장에 달린 거울이나, 꺼져 있는 텔레비전 화면에 비친 자기 모습을 보고 싶지 않았기 때문인지도 모른다. 그녀는 철사로 만든 옷걸이를 쥐고 있다. 잘 다린 옷을 단추까지 채워 걸어두려고 세탁소에서 사용하는 그 옷걸이 말이다. 전에는 한 번도 그것을 생각해본 적이 없었다. 부엌 바닥에 옷걸이가 질질 끌리는 기분 나쁜 소음이 들린다. 아마도 아래층에 사는 사람이 또 불평하러 올 것이다. 그녀는 위층에서 소음이 난다고 항상 불평한다. 무도화의 굽 소리, 싱크대에서 설거지하는 소리, 갑자기 앉았을 때 뒤뚱거리는 소파 소리 등에 대해서 말이다. 나비는 옷걸이를 다시 집어 들려고 한다. 하지만 팔에 힘이 없다. 옷걸이가 손에서 떨어지면서 더큰 소리를 낸다. 사람들은 말한다. 죽을 때는 고통을 느끼지 않는다고, 오히려 그 반대라고. 목구멍으로 꿀이 들어가듯 달콤하다고, 가슴을 가득 채우는 향기로운 연기처럼 사람을 취하게 만든다고, 머릿속에서 활짝 열리는 죽음의 문은 낙원으로 들어가는 문과 유사하다고. 그리고 영혼은 피부의 모든 모공을 통해, 눈과 귀와 머리털과 콧구멍을 통해 몸으로부터 빠져나가 바람 속에서 흩어지고, 바다에서 밀려오는 파도 위를, 민들레가 만발한 들판을, 연꽃잎들과 가벼운 구름 위를 용처럼 여행한다고. 그러다가 그 영혼은 다른 형태의 생명체를 만나 그 생명체

와 결합하여 다시 태어난다고. 식물이 되기도 하고, 나무
가 되기도 하고, 잠자리나 고양이가 되기도 한다고.

"알 것 같아요. 미용실을 방문한 고양이 키티처럼 말이죠!"
살로메는 다시 어린 소녀가 된다. 미소가 번지며 얼굴은 밝아
진다. 잠깐 몸의 통증이 멈추었나 보다.

왠지 모르게 그녀의 행복은 내 마음을 너무도 아프게 했다.
갑자기 벌떡 일어나 이 목가적인 거짓말에 종지부를 찍는다.

"아니요, 살로메, 죽음이란 끔찍한 거예요." 그리고 이야기
를 계속한다.

며칠 후, 조 씨는 나비의 아파트로 들어가 볼 수밖에 없
었다. 문 앞에 놓아둔 음식들이 그대로 있는 바람에 벌레
가 끼기 시작했기 때문이다. 그는 악취가 나는 걸 느꼈다.
무슨 일이 벌어진 것인지 깨달았다. 그는 비상키로 아파
트 문을 열었다. 두렵지 않았던 것은 아니다. 하지만 그는
경찰 출신이다. 조 씨는 아무 소리도 나지 않는 아파트로

들어갔다. 그리고 부엌 창문에 매달려 있는 나비를 발견했다. 목은 보잘것없는 철사 옷걸이에 걸려 있었고, 철사는 나비의 피부를 파고들었다. 조 씨는 천천히 나비를 내린 후 부엌 바닥에 눕혔다. 몸은 이미 차갑고 뻣뻣했다. 그는 마치 나비를 깨우지 않으려는 듯 작은 목소리로 이렇게 중얼거릴 뿐이었다. "왜? 도대체 왜?"

나는 살로메에게 잘 있으라는 말도 없이, 부엌에 있는 왕 씨 아줌마에게도 인사하지 않은 채 밖으로 나온다. 이제 곧 해방될 것 같은 생각이 든다. 더 이야기를 하지 않아도 될 것이다. 현재만 중요하고 산 사람만 중요한 이 큰 도시에서, 이제는 나 자신을 위해 살 수 있을 것이다.

살로메에게 해준 두 마리 용 이야기

2016년 10월 말

"이건 지어낸 이야기지만 실제로 일어난 일이기도 해요." 이
야기를 시작하면서 나는 이렇게 말했다. 그 말에 살로메는
흥분한 듯 눈을 크게 뜨고 나를 바라보았다. 그래서 나는 이
렇게 덧붙였다. "그래요. 사람들이 하는 이야기가 어떻게 지
어낸 것이 아닐 수 있겠어요?"

"실제로 일어난 일이라면서요?" 살로메가 말했다.

"물론 그럴 수도 있지요. 하지만 실제 사건이라도 듣는 사
람이 그 이야기를 믿지 않는다면 그것은 거짓일 수 있어요.
그리고 내가 그럴듯하게 꾸미면 거짓말도 진짜처럼 보일 수
있고요."

"그럼 지금 하는 이야기는요?"

"자, 잘 들어요. 우선 이 이야기에 등장하는 인물들은 실존
인물들이 아니라는 사실을 알아야 해요."

"언니가 만들어낸 인물이라서요?"

나는 잠시 뜸을 들였다. 실제 이야기가 아닐지라도, 내가
지어낸 것은 아무것도 없음을 살로메가 이해하길 바랐다. 솜
털처럼 가벼워진 그녀에게 내 이야기가 생명을 유지하는 데

도움을 주는 공기 같은 것이기를 바랐다. 가사 없는 노래 곡조이기를, 거리를 향해 열린 창문과 왕 씨 아줌마가 앉아 있는 부엌문 사이로 그녀의 얼굴에 부는 미풍이기를.

"이미 말했듯이, 나는 아무것도 지어내지 않아요. 그러니까 내가 얘기하는 두 마리 용도 실제로 존재하는 거예요. 북쪽에 있는 용과 남쪽에 있는 용이지요. 그들은 실제로 있어요. 그건 믿어도 돼요. 하지만 아무도 그들을 보지 못해요. 그래서 나는 그들을 묘사하려 하지 않아요. 보이지 않으니까요. 그것들은 구름 같기도 하고, 바다에 비치는 그림자 같기도 해요. 당신의 귀에 빗소리는 들리지만, 빗방울은 보이지 않잖아요? 그 빗방울과 유사하기도 해요."

"그럼, 그것들이 정말 존재하는지 어떻게 알 수 있죠?"

"아주 오래되었으니까요. 당신이나 나보다 훨씬 먼저 존재했으니까요. 이 도시가 생기기 전, 이 나라가 생기기 전에도 그 용들은 존재했어요. 당신이나 나는 이 세상 역사에서 아주 작은 한순간을 살 뿐이지만, 잠들어 있는 저 용들은 태초부터 이 세상에 있었답니다.

살로메는 눈을 감고 휠체어의 등받이에 머리를 기댔다. 팔걸이에 놓인 손은 지쳐 보였다. 그녀는 잠에 빠지듯 꿈속으로 빠져들고 있었다.

"사랑스러운 나오미 이야기 기억하죠? 한나가 선한목자보육원 현관에서 발견한 아기 말이에요."

"물론 기억하지요. 아직 끝나지 않은 이야기잖아요, 그렇지요?"

"끝나지 않은 이야기가 아니라, 지금도 계속되는 이야기이지요."

"그 아이가 어떻게 되었는지 말해 줘요. 그 아이가 서울에 있는 두 마리 용과 무슨 관계죠?"

이야기를 시작하기 전에는 나도 그들 사이에 무슨 관계가 있는지 잘 몰랐다. 하지만 이제 모든 것은 훨씬 명확해 보인다. 각각의 이야기는 서로서로 연결된다. 지하철 같은 칸에 탔던 사람들이 언젠가는 서울이라는 대도시 어디에선가 다시 만날 운명이라는 사실은 의심의 여지가 없는 것처럼 말이다.

자라면서 나오미는 아주 흥미로운 아이가 되었다. 어쩌면 친부모가 없었기 때문인지도 모른다.

그 이야기를 들으면서 살로메는 중얼거린다. "나처럼 말이죠."

나오미는 한나를 무척 사랑했지만 한 번도 엄마라고 부르지는 않았다. 종종 변덕도 부리고 못 말리게 신경질을 내기도 했지만 정상적인 보통 아이처럼 보였다. 하지만 한나는 그 아이가 다른 아이들과 달리 특별한 재능이 있음을 점차 알게 되었다. 나오미는 아무도 보지 못하는 것을 보았다. 한나는 이미 선한목자보육원 일을 그만두었다. 저녁 일이 피곤하기도 했지만, 아기를 유괴한 것이 탄로날까 봐 두려웠기 때문이기도 했다. 아기가 얼마나 많았던가! 매달 열 명씩, 열두 명씩 한꺼번에 아기들이 들어왔다. 그래서 아이들에게 부모를 찾아주는 일은 쉽지 않았다. 태어날 때부터 시각에 이상이 있거나, 백피증 환자라거나, 다운증후군 환자 같은 장애아일 경우는 특히 그랬다. 그러니 나오미가 사라졌다고 해서 그리 문제 될 것도 없었다. 당번 간호사들이 한나에게 나오미에 대해 물어보면, 한나는 태연자약하게 말했다. 물론이죠, 어느 가족이 입양해 갔어요. 언제요? 지난주에요. 아주 좋은 사람들이었어요. 공무원이라 하더군요. 남산에 산대요. 서류에 서명하고 목사님께 기부금까지 내고 간 걸요. 기부금! 그 말 한마디에 모든 의혹은 사라졌다. 하지만 보육원을 떠난 후, 사람들이 다른 걸 물으러 찾아오지 못하도록 한나는 주소지를 바꾸었다. 어린 나오미를 키우기 위해 한나는 동네 작은 식당에서 주방 일을 다시 시작했다. 충무로에서 멀지 않은 곳에 있는 빌딩 지하 식당이었다. 나오미는 그 동네 학교에 다녔다. 벌써 글을 읽고 쓰는 법을 배웠고 노래도 배웠다. 동요를 부르는 아이 목소리는 아주 예뻤다. 동요 중에는 영어 노래도 있었다. 하지만 나오미의 숨은 능력은 어느 날 한나와 함께 종로 위쪽에 있는 언덕길을 산책할 때 나타났다. 나오미는 바위가 많은 급경사 밑에 홀로 서 있는 커다란 나무를 가리켰다. "어떤 여자가 우리를 쳐다보고 있어." 한나는 눈을 크게 뜨고 그곳을 바라보았다. "어디? 아무것도 안 보이는데?" 나오미는 아득바득 우겼다. "아니야, 저길 봐, 하얀 옷을 입고 있잖아. 아주 아름다운 여자인걸. 우릴 보고 웃고 있어." 한나는 그저 너무 외롭게 자라서 나오미가 환상을 본 것이라고만 생각했다. 그래서 아무에게도 그런 이야기를 하지 않았다. 아이가 그런 생각을 하지 않도록 방과 후 노래교실에 보냈다. 어느 날인가는, 나오미가 합창을 마친 후 한 나와 함께 길을 걷고 있었다. 나오미는 하늘에 새들이 많다고 했다. 바람에 스치는 깃털 소리 외에는 아무 소리도 내지 않고, 커다란 원을 그리면서 하늘을 날고 있다고 했다. 하지만 맑은 하늘에는 아무것도 없었다. 제비 한 마리 없었고 지나가는 비행기도 없었다. 그제야 한나는 나오미가 다른 아이들과 다르다는 것을 알았다. 다른 사람들에게는 보이지 않는 것을 보는 능력을 갖춘 것이다. 그런 능력이 있으니 나오미가 신과 잘 통할 거라고 생각했다. 그래서 도시의 산 밑에 있는 봉원사로 나오미를 데려갔다. 햇빛이 환하게 비치는 초겨울의 화창한 날씨였다. 나뭇잎들은 적갈색으로 변했다. 택시는 그들을 절 입구에 내려 주었고, 그들은 산책로를 따라 올라갔다. 부처님과 보살님 앞에서 한나는 여러 차례 절을 했고 나오미도 따라 했다. 둘이 함께 향을 피운 후 하얀 흙이 가득 담긴 커다란 토기에 그 향을 꽂았다. 그리고는 버스 정류장까지 걸어 내려와 집으로 돌아왔다. 그들이 사는 집은 동대입구역 근처에 있었다. 잠시 후 한나는 물었다. "절에서 뭘 보았니?" 한나는 나오미가 신의 은총을 받았을 거라고, 그래서 기쁨이 충만해졌을 거라고 생각했다. 하지만 나오미는 그저 다리가 아프다고 불평할 뿐이었다. "부처님은 저 아이의 신이 아닌가 보다." 한나는 생각했다. "어쩌면 저 아이는 가톨릭 신자로 태어났는지도 몰라. 저 아이 가족에 대해 난 아무것도 모르잖아." 그래서 한나는 나오미를 명동성당으로 데려갔다. 극장, 피자가게, 카페들이 즐비한 복잡하고 활기찬 동네 한가운데 있는 커다란 벽돌건물이었다. 하지만 그곳에서도 나오미는 마찬가지였다. 투덜대기까지 했다. "여긴 너무 어두워." "사람들이 왜 저렇게 다 슬퍼 보여?" 한나는 당황했다. "불교 신자도 가톨릭 신자도 아니면 저 애는 도대체 뭐지?" 학교 수업이 없는 어느 토요일, 한나는 원정을 떠나기로 했다. 그 집은 도시 끄트머리에 있는 우이동 버스정류장 근처의 작은 골목길 안에 있었다. 차고 같이 생긴 곳에서 키가 크고 남자같이 생긴 여자가 작두를 타고 있었다. 여자는 옷을 여러 벌 겹쳐 입고 있었는데, 옷을 하나하나 풀어 자기 몸에 둘둘 감았다. 빨간 줄이 쳐진 커다란 흰색 운동화를 신고 있었고, 손목에서는 구리 팔찌 여러 개가 서로 부딪히면서 찰랑찰랑 소리를 냈다. 가족들이 단 위에 제물을 올려놓았다. 술과 과일과 담배 등이었고, 살짝 열린 흰 봉투 안에는 지폐가 담겨 있었다. 한나도 약간의 돈을 올려놓았다.

그리고는 그 여자를 통해 신령님의 축복을 받기 위해 나오미를 여자에게 소개하려 했다. 하지만 나오미는 뒤로 물러서더니 한나의 치마에 얼굴을 파묻은 채 앞으로 나서려 하지 않았다. "무서워할 것 없어. 네가 가진 봉투를 드려." 하지만 나오미는 다가가려 하지 않았다. 작은 손은 꼬깃꼬깃해진 봉투를 꽉 쥔 채 내놓으려 하지 않았다. 그 여자는 계속해서 빙글빙글 돌았고, 돌 때마다 화가 난 듯한 표정으로, 혹은 조롱하는 듯한 표정으로 나오미를 쳐다보았다. 여자는 작은북을 치면서, 때로는 저음으로 때로는 날카로운 목소리로 알아들을 수 없는 이상한 말들을 했다. 여자가 벗어던져 주위 바닥에 널려 있는 옷들은 형광등 불빛 아래에서 환상적인 형상을 만들어냈다. 한나는 나오미의 태도가 굿판에 방해가 된다는 것을 알아차렸다. 다른 사람들은 자식이 좋은 대학에 갈 수 있도록 도와달라고 신령님께 치성을 드리러 온 것이었다. 그들은 한나와 나오미를 곱지 않은 시선으로 바라보았다. 아주 작은 일로도 부정을 타서 일을 그르칠 수도 있는 것이다. 한나와 나오미는 머리를 숙인 채 도망치듯 그곳을 빠져나왔다. 동대입구로 가는 지하철 안에서 어린아이의 못마땅한 표정을 보자 한나는 자신이 잘못했음을 깨달았다. "그 나쁜 여자를 왜 보러 간 거야?" 얼마 후 나오미는 그렇게 물었다. 한나는 뭐라고 대답해야 할지 알 수 없었다. 바로 그즈음에 나오미는 용 이야기를 하기 시작했다.

내가 잠시 이야기를 멈추자. 살로메는 꿈꾸는 듯한 목소리로 말했다. "나는 용띠예요. 알고 있었어요?"

그녀는 한 번도 자기 나이를 이야기한 적이 없다. 하지만 나는 얼른 계산해 보았다.

"그럼 1976년생인가 봐요."

"1976년 2월 1일이에요."

그렇다면 그녀는 마흔 살이다. 한국식으로는 마흔한 살이다. 나는 처음으로 용기 내어 질문했다.

"부모님은 왜 당신을 살로메라 불렀어요? 나쁜 여자잖아요, 안 그래요?" 나는 나쁜 여자라는 뜻의 영어 단어 '비치'를 썼다. 그 인물에 정확하게 들어맞는 단어였기 때문이다.

갑자기 살로메가 짜증을 냈다. 약간 격한 어조로 대답했다. "아니, 내가 고른 이름이에요. 나는 춤추는 여자가 되고 싶었거든요. 살로메는 춤을 잘 추잖아요! 하지만 사람들은 그녀의 명성을 질투했어요. 나비를 질투했던 사람들처럼 말이죠. 사람들은 남들이 행복해지는 것을 좋아하지 않아요. 그들은 춤을 추는 살로메를 저주했지요. 그러던 어느 날, 살로메는 성 요한의 머리를 잘라버렸어요. 그뿐이에요." 그녀의 생각은 극단적이다.

살로메는 꿈꾸는 것처럼 몽롱한 표정이다. 오후 시간이 많이 지났다. 건물을 따라 이어지는 가로수는 노랗게 물든 은행나무로 가을빛을 띠고 있다. 꼼짝도 못 하고 갇혀 있는 아파트에서 벗어나 제대로 숨을 쉬기 위해 그녀가 듣고 싶은 이야기는 색깔 이야기, 나무와 산 이야기일 것이라고 나는 생각한다.

나오미는 하늘을 바라보는 버릇이 생겼다. 아이가 좋아하는 것은 그것밖에 없다. 매일매일, 나오미는 한나의 손을 잡고 거리로 나가서 아파트에서 먼 청계천 쪽으로 걸어간다. 아이는 하늘의 구름을 바라본다. "나오미야, 뭘 보니?" 한나가 묻는다. "내가 보는 것은 움직이지 않아." 나오미가 대답한다. "똬리를 틀고 있는 두 마리 거대한 뱀 같은 거야. 그들은 기다리고 있어." "무얼 기다리는데?" 한나가 집요하게 묻는다. "그들의 날을 기다리지." 나오미는 그저 그렇게 답할 뿐이다. 한나는 그 날이, 그리고 그 시간이 무엇을 의미할까 생각한다. 건물들 사이로 하늘을 바라보거나, 삼일교까지 걸어가면서 눈을 잔뜩 찌푸리고 바라보아도, 그녀 눈에는 아무것도 보이지 않기 때문이다. 어느 일요일이었다. 그들은 파란색 노선인 4호선 지하철을 타고 충무로역에서 내려 남산으로 올라갔다. 소나무 숲에서는 아직도 매미 소리가 들렸고, 날카로운 새 소리도 들렸다. 나오미가 한나의 손을 꽉 잡았다. 그리고는 "여기서는 용들이 보여."라고 말했다. "용들은 도시의 소음을 좋아하지 않거든. 사람이나 차가 너무 많으면 몸을 숨겨." 그들은 지하철에서 꽤 먼 산꼭대기로 이르는 길에 도착했다. 돌로 된 의자에 앉아 한나는 나오미에게 남산 도서관 벽에 붙어 있는 윤동주 시를 읽어주었다. 어쩌면 한나는 할아버지가 싸우다 돌아가신 전쟁을 기억하며 그 시를 외우고 있는지도 모른다.

별 하나에 추억(追憶)과
별 하나에 사랑과
별 하나에 쓸쓸함과

별 하나에 동경(憧憬)과

별 하나에 시(詩)와

별 하나에 어머니

나오미는 열심히 듣고 있다가 말한다. "나는 별을 이야기하는 시가 좋더라."

그날 이후 나오미는 종종 두 마리 용 이야기를 한다. 그들이 어떻게 생겼는지, 어디에서 왔는지는 말하지 않는다. 단지 이상한 말만 한다. 예를 들어 "용들이 깨어나는 날이면…" 혹은 "그들의 시간이 오면 용들은 다시 만날 거야." 같은 말들이다. 나오미가 아직 어려서 엉뚱한 상상을 하는 거라고 한나는 생각한다. 그래서 나오미에게 용들이 그려진 그림책을 사준다. 어릴 때 들었던 용왕 이야기도 해준다. "옛날에, 남쪽 지방에 있는 목포라는 도시 근처의 시골에 어떤 할머니가 살았단다. 그 할머니는 이 세상에 일가친척이라고는 아무도 없었지. 남편도 두 아들도 모두 전쟁터에서 죽었거든. 쌀로 떡을 만들어서 매일 같이 목포 시장에 내다 팔면서 생계를 이어가고 있었어. 그러던 어느 날, 목포로 가는 길에 호랑이를 만났던 거야.

허기졌던 호랑이는 할머니를 잡아먹으려고 다가갔어. 할머니는 호랑이에게 떡을 하나 던져주고 막 달아났지. 그런데 할머니는 그리 빨리 달리지 못해 발꿈치까지 호랑이가 따라온 것을 느꼈단다. 그래서 얼른 떡을 하나 더 던져주고 달아나고, 또 하나 던져주고 달아나기를 반복했지. 그런데 호랑이는 던져준 떡을 주워 먹고는 곧바로 할머니를 바싹 따라 오는 거야. 그러다 할머니는 해변에 이르렀단다. 이제는 더 던져줄 떡도 없었어. 할머니는 용왕님께 기도를 드렸지. 이렇게 소리쳤단다. "용왕님, 제발 도와주세요. 이 호랑이로부터 저를 구해 주세요." 그런데 할머니가 소리를 지르자마자 바다가 열리고 용왕님이 나타난 거야. 용왕님이 말했단다. "나와 함께 이 바다를 건너자. 바다 건너 저편으로 가면 호랑이가 너를 쫓아오지 못할 것이다." 그래서 할머니는 그렇게 했어. 용은 바다를 다스렸고, 시골할머니는 바다 건너편에 있는 섬까지 갈 수 있었지. 그렇게 목숨을 구했단다." 나오미가 물었다. "그 용왕은 어떻게 생겼어요? 말해줘요." 하지만 한나는 어떻게 대답해야 할지 몰랐다. 나오미가 그랬던 것처럼 "그냥 용이야. 네게 보이는 그 용들처럼. 그 할머니 외에는 아무도 그 용을 본 적이 없어. 하지만 분명 그 용은 존재해. 바다에 잠들어 있거든." 하고 말했을 뿐이다.

　나오미는 더 이상 다른 질문을 하지 않았다. 아이는 하늘에 용 두 마리가 산다는 것을 안다. 눈에 보이지는 않는다. 하지만 나오미는 그들의 존재를 느낀다. 여름에 부는 더운 바람 같기도 하고, 단풍나무의 붉은 잎을 휩쓸어버리는 회오리바람 같기도 하다. "그들의 시간이 오면 그들은 서로 만날 거야. 태어날 때 헤어진 쌍둥이 형제들처럼." 나오미는 윤동주의 시가 붙어 있는 도서관 벽 앞 의자에 앉아 머리를 뒤로 젖힌다. "이 시를 쓴 시인은 분명 그 용들을 보았을 거야. 확실해." 한나 역시 그것을 믿어 의심치 않는다. "늘 그랬듯이, 전쟁이 일어나거나 큰 재앙이 닥치면 두 마리의 용은 꿈에서 깨어 꿈틀거릴 거야. 그들이 깨어나면 바로 그날이 심판의 날이겠지." 한나는 자신이 온갖 종교를 다 뒤죽박죽으로 만든다고 생각한다. 성경, 부처님 말씀, 게다가 전쟁이 끝난 후 할머니가 해주시던 황당무계한 이야기들까지.

스토커가 다시 나타났다.

가만히 생각해 보니 사실상 스토커가 나를 놔준 적은 한 번도 없었던 것 같다. 그는 전문가이다. 비 몇 방울 떨어진다고 그 일을 그만둘 위인이 아니다. 내가 그를 너무 과소평가했다. 그를 알아본 것은 지하철 안에서였다. 엘 소르디도에 살 때 나를 괴롭히던 남자와 같은 사람으로는 보이지 않았다. 키는 더 커 보였고, 우아한 양복을 입고, 최신 유행하는 지나칠 정도로 앞이 뾰족한 검은 가죽구두를 신고 있었다. 여름에도 쓰고 있던 우스꽝스러운 검은 털모자 대신, 경마장에 가는 사람들이나 아니면 잠실에 있는 고급 호텔의 근사한 카페에 가는 사람들처럼 작은 청회색 중절모를 쓰고 있었다.

게다가 그를 다시 만난 곳은 잠실이었다. 영어 번역 아르바이트를 하러 잠실에 있는 어떤 회사 사무실로 가던 참이었다. 보험회사인지, 금융 산업 분야에서 중개업을 하는 회사인지는 잘 알 수 없었다. 잡코리아 광고를 보고 응모했다. 보수가 괜찮았기 때문이다. 시험 기간 전이라 시간 여유도 있었다. 그런 데다 그 나쁜 여자는 강의를 도로 빼앗았다. 그 여자에게 이제 더는 내가 필요 없었다. 나는 두 달째 살로메를 보러 가지 않았다. 상황이 이러니 집세를 내려면 정말로 돈이 필요했다. 잠실에서의 약속은 저녁 9시에 있었다. 직장인들이 모두 퇴근한 거리는 한산했다. 거대한 빌딩은 텅 빈 채 불만 켜져 있는 대형여객선 같았다. 지하철 창문에 비친 형상에서 나는 그 남자를 알아보았다. 그는 몇 사람을 사이에 두고 내 뒤에서 나를 보고 있었다. 나는 우선 그의 시선을 알아챘다. 그 시선은 목덜미 약간 아래 내 등을 향해 있었다. 차가운 물이 척추를 따라 흘러내리는 듯했다. 하지만 지하철 안이었고, 도처에 사람들이 있었다. 역에 도착할 때마다 사람들이 내리고 탔다. 방송에서 내가 내려야 할 역을 알릴 때, 나는 꼼짝 않고 있다가 마지막 순간, 문이 닫히기 직전에 내리기로 마음먹었다. 영화에서 그런 장면을 본 적이 있다. 아주 괜찮은 방법인 것 같았다. 지하철에서 내린 후 빠른 걸음으로 통로를 걸어, 회사 건물 가까이 있는 4번 출구로 갔다. 웅성거리는 주위의 소음에도 불구하고, 멀리서 나를 따라오고 있는 스토커의 발소리가 들렸다. 그 남자는 나와 보조를 맞추어 걷고 있었다. 새 구두의 밑창 소리가 지하철 통로에 울려 퍼졌다. 그야말로 완전히 영화의 한 장면 같았다. 심장이 마구 뛰었다. 통로로 차가운 바람이 스쳐 지나가는데도 몸에서는 땀이 났다. 통로 끝에 이르렀을 때는 오로지 그 남자의 발소리만 들릴 뿐, 주위에 아무도 없었다. 마음을 가다듬고 침착하게 생각해 보았다. 만일 내가 뛰기 시작한다면? 하지만 그 남자는 나보다 더 빨리 뛸 것이다. 게다가 그럴 경우 내가 자신의 존재를 의식하고, 두려워하고 있음을 알리는 것이 된다. 결국 그 남자가 나를 마음대로 할 수 있다는 메시지를 전하는 것이다. 만일 내가 우산이나 허리띠 등을 파는 근처 가게에 들어가 숨는다면? 그럴 경우, 그 남자는 내가 어디 있는지 알 것이고, 가게에서 나오기를 기다릴 것이다. 가게 안의 노파가 "그래서, 뭘 사려는데?"라고 물으면서 계속 눈치 줄 것이 뻔한 3㎡의 좁은 가게 안에 마냥 있을 수는 없을 터이니 말이다. 나는 도움을 청하려고 제복 입은 남자를, 경찰이나 지하철역 근무자를 찾았다. 아니면 군인이라도 좋았다. 하지만 무엇이든 필요해서 찾으면 없는 법이다. 게다가 공범자가 있다면? 그 공범자가 경찰로 위장한 것이라면? 그래서 경찰인 척하면서 내 손목을 잡고 나를 위협한다면? 전화해야겠다고 생각했지만, 머리에 떠오르는 번호가 하나도 없었다. 진정 이 세상에는 나 혼자뿐이었다. 순간 살로메가 생각나기도 했다. 하지만 어리석은 생각이었다. 가엾은 환자가 나를 위해 도대체 무엇을 할 수 있단 말인가? 살로메를 떠올린 것은 순전히 이야기를 위해서였다. 이 이야기가 어떻게 끝날까, 살로메에게 어떤 이야기를 해줄 수 있을까 하는 생각이 들었기 때문이다. 마치 현실에서 일어나는 일보다 이야기가 어떻게 끝나느냐가 더 중요하기라도 한 것처럼 말이다. 그녀는 물을 것이다. "그래서?" 그러면 나는 모든 것을 설명할 수 있는 결말, 안심시킬 수 있는 결말, 도망쳐서 살아나게 할 최후의 교묘한 술책을 찾을 수 있을 것이다. 신기하게도 그런 생각을 하다 보니 두려움이 사라졌다. 결말을 예상할 수 있다면, 반짝거리는 커다란 검정 가죽구두를 신고 머리에는 멋쟁이 모자를 눌러 쓴 채 나를 쫓아오는 규칙적인 발소리를 들으며 달리는 나 자신을 객관적으로 바라볼 수 있다면, 상황을 결정하는 사람은 바로 나 자신이기 때문이다. 따라서 그 상황은 언제라도 변할 수 있다. 거기서 끝날 수도, 서서히 사라져버릴 수도 있다. 끈질기게 괴롭히던 꿈속 이미지들이 아침 햇빛에 의해 하나씩 하나씩 흩어져 버리듯이 말이다. 바로 그거다. 이건 꿈이다. 나는 꿈을 꾸고 있고, 꿈속에 등장하는 한 인물일 뿐이다. 그렇게 생각하니 마음이 편해졌다. 하지만 이 일은 현실에서 일어나고 있었다. 움직이고, 걸어 다니고, 팔을 휘저으며 걷고, 등에 배낭을 메고 다니고, 쇼윈도로 스토커를 힐끗 보려고 머리를 그쪽으로 약간 돌리기도 하고, 하나둘, 하나둘, 하나둘, 그의 발자국을 세기도 하는 내 모습을 보니 그것은 꿈이 아니었다. 게다가 빨리 걸으려고 두 발을 거의 동시에 내닫는 아이들처럼 급하게 걸었더니, 하나-둘, 하나-둘-셋의 박자로 따라오는 그 남자의 발소리도 들렸다. 그렇게 생각하니 웃음이 나기도 했다. 4번 출구에 이르렀을 때 나는 잠시 망설였다. 6번 출구로 나가 큰길을 건넌다면? 그럴 경우 자동차 사이로 막 뛰어가면서, 밤에는 혼잡하기 이루 말할 수 없는 잠실역 부근의 교통 상황을 이용해 따돌릴 수도 있을 것이다. 하지만 그래봐야 소용이 없다는 생각이 들었다. 오늘이 아니면 내일, 내일이 아니면 모레, 언제고 이런 일은 계속될 것이기 때문이다. 엘 소르디도에서 되도록 먼 곳, 도시 반대편인 오류동까지 갔는데도 결국 아무 소용이 없지 않았나. 나는 그 남자가 거기까지 쫓아왔다고 확신했다. 브루클린 다리 밑을 지나고 돼지고기 식당 앞을 지나 건물 안으로 들어가는 것을 보았고, 그 후 길거리에서 내 방 불이 켜질 때까지 기다리고 있었을 것이다. 미행에 성공했음을 기뻐하며, 그 자리에서 담배를 한 대 피웠겠지. 그런데 나는 그 모든 것으로부터 멀리 있다고, 그와 나의 연결고리를 다 끊어버렸고, 안전하게 도피했다고 생각했다. 두려움이 가시자 이번에는 분노가 치밀었다. 분노로 심장이 뛰었고 가슴은 요동쳤다. 어떻게 그렇게 순진할 수 있었을까? 정말이지 나는 인생이 무엇인지 아무것도 모르는 것일까? 사촌 동생의 심술, 고모의 무시,

고독, 무엇보다도 찬밥과 신 김치, 미지근한 수돗물만으로 버틴 그 지긋지긋한 가난, 그 모든 것이 결국 맹수의 먹잇감이 되어 몸이 조각조각 잘린 후 까만 비닐봉지에 담겨 끈으로 묶인 채 한강에 던져지기 위한 것이었단 말인가? 거리로 난 계단을 올라가 행인들 틈에서 보도를 걸을 때, 내 머리는 이런 생각들로 뒤죽박죽이었다. 나는 부두에 정박되어 있는 배처럼 불이 환히 켜져 있는 건물을 향해 걸어갔다. 그런데 갑자기 스토커가 내 곁에 없다는 사실을 깨달았다. 주차된 자동차 백미러를 통해서도, 가게 쇼윈도를 통해서도 그의 모습을 볼 수 없었다. 그의 발소리도 들리지 않았다. 자동차 모터 소리, 도로 한가운데에 서 있는 버스가 극렬하게 부르릉거리는 소리, 술집과 휴대폰 가게와 화장품 매장 진열대에서 들려오는 음악 소리, 스피커 소리, 가게 앞에서 상품을 선전하는 나레이터모델들이 내지르는 소리 등으로 거리의 소음이 최고조에 달했기 때문이었다. 어느 순간, 골목길을 건널 때였다. 어떤 여자가 나에게 다가왔다. 하얀 옷을 입고 있었다. 간호사 복장 같기도 했고 신부 옷처럼 보이기도 했다. 그러나 가까이 다가오자, 얼굴에는 주름이 가득했고, 천모자 밑으로 헝클어진 백발이 보였다. 얼굴에는 위생용 마스크를 쓰고 있었다. 내 앞으로 다가오면서 그녀는 뭐라고 소리를 질렀다. 무슨 말인지 알 수 없었다. 나는 그녀가 지나가도록 비켜섰다. 그런데 그녀는 나를 바라보더니 "에이즈! 에이즈!"라고 같은 단어를 반복하며 소리를 질렀다. 다른 사람에게도 되풀이했다. 사람들은 마치 페스트 환자라도 되는 양 그녀를 피해갔다. 앞서가던 나는 그녀를 보는 척하면서 뒤를 돌아보았다. 사실 나는 그 스토커가 정말 사라진 것인지 확인하려고 돌아보았을 뿐이다. 숨을 돌리고 생각할 시간을 갖기 위해 잠시 가던 길을 멈추었다. 하지만 내가 잘못 생각한 것이라면? 어쩌면 오는 길에 경찰을 만나 내가 신고할까 봐 두려워 사라진 것인지도 모른다. 아니면, 오늘은 아직 그 날이 아닌지도 모른다. 하늘에 있는 용이 자신의 날을 기다리듯이 말이다. 용은 때가 되었을 때만 모습을 나타낼 것이다. 하지만 그게 언제인가? 바로 오늘이라고 결정하는 날은 언제란 말인가? 왜 지금이 아닌 내일이어야 하는가, 왜 오류동이나 살로메가 사는 동네가 아닌 여기, 잠실이어야 하는가?

나는 건물 입구 바로 앞에 있다. 회전문까지는 몇 발자국만 떼면 된다. 바로 거기서 누군가가 나를 붙잡는다. 도대체 무슨 일인지 금방 파악하지 못한다. 내 어깨를 꽉 붙잡은 팔이 보인다. 건장하고 나뭇가지만큼 두꺼운 다른 팔도 보인다.

소리를 지를 수도, 움직일 수도 없다. 다리가 후들후들 떨리고, 심장이 마구 뛴다. 숨을 쉴 수가 없다. 그가 내 뒤에서 나를 붙잡고 있다. 내 귀에 대고 그 남자가 말한다. 하지만 나는 그가 무슨 말을 하는지 도무지 알 수가 없다. 속삭이는 그의 숨결에 말이 섞여 나온다. "들어가지 마세요. 가지 마세요. 이건 함정입니다. 누군가 당신을 해치려고 저 안에서 기다리고 있어요." 건물 앞에는 아무도 없다. 문 안쪽에도 아무도 없다. 건물 입구 안쪽은 어두컴컴하다. 색유리문을 통해 보이는 안쪽 천장은 전구 네 개로 된 별 모양의 조명기구들이 사방에 달려 있다. 엘리베이터 문이 보인다. 나는 그곳으로 가야 한다. 약속 장소는 12층 사무실이다. 그 남자는 내 귀에 대고 같은 말을 반복한다. "들어가지 마세요. 함정입니다. 그곳에 가시면 생명이 위험합니다." 나는 그 남자 팔을 제치고 압박에서 벗어나는 데 성공한다. 그리고는 그를 밀어버린다. "누구시죠? 도대체 왜 이러는 거예요?" 그는 손을 놓고 두 발자국 뒤로 물러선다. 역광이어서 그의 얼굴은 잘 보이지 않는다. 단지 네모난 중절모자와 양복을 알아볼 뿐이다. 그 남자는 생각했던 것보다 키가 작고 힘도 그리 세지 않다. 그전에도 종종 그랬던 것처럼 웃고 있는지는 잘 모르겠다. 그 남자한테서 담배 냄새와 술 냄새가 난다. 그 냄새는 오히려 나를 안심시킨다. 나는 그에게 묻는다. "당신이 그걸 어떻게 알아요?" 이제 나는 그가 무섭지 않다. 그는 다른 남자들과 다를 것 없는 한 남자일 뿐이다. 그의 작은 모자는 우스꽝스러워 보인다. "누구세요? 이름이 뭐예요?" 그는 얼른 대답하지 않는다. 그저 같은 말을 반복할 뿐이다. "이 건물로 들어가지 마세요. 누군가 당신을 기다려요. 당신에게 아주 위험합니다." 나는 그의 말을 듣지 않는다. 악을 쓰며 고래고래 소리 지른다. "위험한 사람은 바로 당신이에요. 당신은 몇 달 전부터 나를 따라다녔어요. 도대체 누구세요?" 아주 당연하다는 듯 그는 대답한다. "당신을 따라다니는 것이 내 임무입니다. 당신을 보호하기 위해 고용되었으니까요." 그리고는 다시 그 말을 반복한다. 내가 도무지 이해하려 들지 않으니, 이번에는 조금 더 과장된 어조로. "이 건물 안에서 누군가 당신을 기다리고 있습니다. 그 사람은 당신을 해칠 겁니다. 당신을 죽일 거란 말입니다." 이제 나는 문 옆에 서 있다. 다시 그 문을 바라본다. 텅 빈 어두컴컴한 홀을 보니 들어가고 싶은 생각이 없어진다. 이제는 들어갈 수 없다. "누가 당신을 고용했죠? 누가 나를 보호하라고 지시했죠? 난 당신 말을 믿지 않아요." 이제 알겠다. 그런 일을 할 수 있는 사람, 나에 대해 모든 것을 알고 있는 유일한 사람, 돈과 권력, 그리고 상상력을 가진 사람.

그 여자다. 휠체어에 앉아 있는 환자, 프레데릭 박을 이용하고, 모든 것을 계획한 여자, 도시 반대편 노란 거실에 앉아 모든 일을 꾸민 여자. 이 모든 것이 너무도 어처구니없는 일이라 웃지 않을 수 없다. 아니 비웃지 않을 수 없다. "자, 그럼 어서 보고서를 작성해 보내세요. 무슨 일이 있었는지 다 말하세요. 당신이 한 일을 다 알리라고요. 지하철에서 어떻게 나를 따라왔고, 내가 약속장소에 가지 못하도록 어떻게 나를 막았는지, 그리고 어떻게 내 목숨을 구했는지!" 나는 발걸음을 돌려 뒤를 돌아보지 않고 그 자리를 떠난다. 잠실역으로 가는 대로를 걷는다. 걷다 보니 나도 모르게 교회 앞을 지나고 있다. 문짝이 두 개인 커다란 문은 닫혀 있고, 문 위쪽에는 형광등 불빛에 안내판이 반짝인다. 나비 이야기가 떠오른다. 아주 오래전 나비가 가수 생활을 시작한 곳이 바로 이 교회였을지도 모른다. 내가 서울이라는 대도시에 와서 살기 시작하면서, 일본 추리소설이나, 이 세상에 존재하는 모든 순진한 시골 처녀를 위해 쓴 중국 여류소설가 디안의 소설들을 뒤적이기 위해, 종로 지하에 있는 서점에 가곤 하던 때도 그렇게 아주 오래된 것 같은 생각이 든다. 바로 그곳에서 나는 프레데릭 박을 만났다. 살로메는 내게 스토커를 붙여놓고 내가 느낄 공포감을 듣고 싶었던 모양이다. 그 느낌이 어떤 것인지 궁금했던 것이리라. 하지만 살로메는 결코 살인자 워너비 이야기의 결말을 알지 못할 것이다. 왜냐하면 그녀가 고용한 사설탐정이 나를 보호한답시고, 살인자가 기다리고 있을지도 모르는 그 건물 안으로 들어가는 나를 막았으니까. 그녀한테 는 참으로 안된 일이 아닌가!

기막힌 모든 일을 겪은 후, 나는 다시 거처를 옮기기로 했다. 이제 더 이상 스토커를 두려워할 필요는 없었다. 그 남자가 나를 보호하는 임무를 계속했는지는 모르겠다. 아마도 살로메가 그 일을 그만두게 했을 것이다. 왜냐하면 신분이 노출되면 사설탐정의 가치는 상실되기 때문이다. 패가 드러나면 시시해져 버리는 게임과도 같다. 내게 다가와 위험을 알림으로써, 그는 규칙을 위반했다. 그리고 나는 박, 일명 프레데릭의 전화를 받았다. 다시 만나자고 했다. 우리는 예전에 종종 만났던 안국역 근처 커피 전문점 라바짜에서 만났다. 내가 새로운 행복을 찾은 곳은 바로 이 작은 동네였다. 아담한 집 이 층에 있는 독립된 방 하나를 얻었던 것이다. 집주인은 고양이 세 마리와 함께 사는, 이름이 루루인 중국인 아줌마였다. 학교 도서관에서 시험공부를 마치고 돌아오면, 나는 카페로 들어가 카푸치노를 한 잔 시킨 후 그 앞에 앉는다. 프레데릭을 기다리면서 작은 공책의 하얀 백지에 머릿속에 들어있는 것을 모두 적는다. 노래 가사도 적고, 시도 적고, 격언도 적는다. 이제 나는 내 꿈을 글로 쓰는 것이 좋다. 박은 종종 살로메의 소식을 전해준다. 그 남자는 살로메에 관해 너무 많은 것을 알고, 그녀 이야기도 많이 한다. 어쩌면 20년 전 그가 초등학생일 때 살로메를 사랑했는지도 모른다. 나는 그런 상상을 해본다. 하지만 물론 박에게는 그런 이야기를 할 수 없다.

"살로메의 상태가 아주 나빠." 프레데릭이 말한다. "하루하루 죽어가고 있어. 널 보고 싶어 해. 그런데 넌 살로메의 메시지에 답도 안 하네." "그게 너랑 무슨 상관인데?" 나는 빈정거린다. "이제 네가 살로메의 심부름꾼이야?" 그는 관심 없다는 듯 그저 어깨를 한 번 으쓱할 뿐이다. "못되게 구는 건 너랑 어울리지 않아." 그런 것에 대해 그가 무엇을 안단 말인가? 무엇보다도 인간은 나쁜 사람으로 태어나지 않는다. 나쁜 사람이 될 뿐이다. 그것은 내가 공책에 쓴 격언 중 하나이다.

나는 저항하기로, 더는 다른 사람이 파놓은 함정에 빠지지 않기로 했다. 사람들은 모두 내게 무엇인가를 요구한다. 그들은 나라는 존재를 잊어버릴 수가 없나 보다. 거처를 옮기기전, 나는 매일같이 고모의 호소에 시달렸다. 사촌 동생, 그 사랑스러운 백화가 집을 나갔다. 집안 식구 모두 걱정이 이만저만이 아니었다. 그 애를 찾기 위해 내가 나서서 무엇이라도 해야 한다는 것이 그 사람들 생각이었다. 사람들은 그 아이의 생명을 걱정했다. 하지만 그들이 더 걱정한 것은 그 아이 순결이었으리라. 그 점에서 그 아이에게 잃어버릴 것이 있기나 한 것처럼 말이다. 처음에는 고모에게 다시 전화해서, 그 아이가 누구랑 어디서 무엇을 하는지 나는 도저히 알 수 없을뿐더러 짐작 가는 데도 없다고 했다. 하지만 그것은 바른 답이 아니었다. 고모는 내가 이기적이고, 거짓말쟁이고, 자기들을 이용하기만 한 사기꾼이라며 욕을 퍼부었다. 내가 시골에서 올라와 서울에 대해 아무것도 모를 때 자신과 백화가 나를 받아들여서 그렇게 잘 해주었건만, 은혜도 모르는 배은 망덕한 아이라는 것이었다. 나라는 존재는 그저 생선 비늘이나 긁어낼 줄 아는 전라도 촌년에 불과하니 그럴 수밖에! 나는 전화를 끊었다. 다시는 고모의 전화를 받지 않았다. 이후 고모에게서 수많은 문자를 받았다. 때로는 울먹이는 애원 조였고, 때로는 위협하고 협박했다. 그 독살스러운 여자가 분노에 사로잡혀 언제고 지하철을 타고 오류동 우리 집까지 쳐들어올까 봐 겁이 났다. 평소처럼 속임수로 열쇠를 받아 내 방에 들어와서는, 침대 위에 다리를 벌리고 앉아 흉악한 시선을 던지고 있을 고모를 생각하니 소름이 끼쳤다. 그래서 가능하면 오류동에서 가장 먼 동네를 찾아 이사하려 했다. 한 친구 덕분에 나는 인사동 루루 아줌마 집을 발견했다.

그 후, 고모는 전략을 바꾸었다. 엄마에게 백화 문제로 내게 전화하게 한 것이다. 나는 그동안 한 달에 한 번 정도 엄마

와 통화하면서 그저 날씨가 어떻고, 학교는 어떻고, 돈 문제
는 어떻고 등의 평범한 소식을 전했다. 가끔 그곳, 전라도로
돌아갈 생각도 했다. 고향 마을을 떠올리면 가슴이 저렸다.
그저 개 몇 마리가 서로 으르렁거리며 싸울 뿐, 아무 일도 일
어나지 않는 시골길, 토요일이면 고구마밭에 쓰러져 있는 술
주정뱅이들. 하지만 바다가 그리웠다. 나는 엄마가 어부들과
갈치나 오징어 값을 흥정하는 동안, 목포 항구를 어슬렁거리
는 게 좋았다. 바다 내음이 좋았고, 바닷소리가 좋았다. 먼바
다의 고깃배에서 반짝이는 불빛도 좋았다. 움직이지 않는 불
빛은 마치 캄캄한 밤에 꼼짝하지 않고 있는 커다란 동물을
연상시켰다.

"우리 생각도 좀 혀야지. 느 아부지 큰 누나한테 하나밖에
없는 딸이여. 우리 피붙이 아니냐고. 그걸 잊으면 안 돼야."
나는 엄마를 안심시키기 위해 알았다고, 신경 쓰겠다고 대답
했다.

"시험이 끝나면 시간이 좀 날 거야."

거짓말이었다. 백화를 위해서는 손가락 하나 까딱하지 않
을 것이다. 고모도 사설탐정을 고용하면 될 것 아닌가. 고모
가 원한다면 내 스토커 연락처를 줄 수도 있었다. 그 이야기

를 엄마한테 했는지, 그래서 그걸 엄마가 고모한테 전했는지는 잘 모르겠다. 하지만 그 말은 가족들 사이에 엄청난 불화를 일으켰다. 어쨌든 그 덕분에 나는 평화를 얻었다. 얼마 후 백화가 집으로 돌아왔다는 이야기를 들었다. 고모부는 그 아이 따귀를 갈겼고, 고모는 욕을 퍼부었다. 그러고 난 후에 그들은 딸을 용서했고, 모든 것은 정상으로 돌아왔다. 범죄자와 윤락녀는 그렇게 만들어진다. 또 하나의 격언이다.

살로메를 만나고 난 후 내게 어떤 변화가 일어났는지 이제 조금씩 알 것 같다. 믿기지 않을 만큼 이상한 일이라 지금까지는 그다지 깊이 생각해 보지 않았다. 하지만 살로메를 만난 후 내 인생이 달라졌음을 느낀다. 그것이 그냥 우연인지, 아니면 내가 꿈을 꾸고 있는 것인지 잘 모르겠다. 하지만 모든 것이 이 이야기를 완성하기 위해 계획된 것처럼, 마치 내가 더 높은 차원의 메신저, 하늘에서 보낸 메신저인 것처럼 느껴진다. 이후의 나는 결코 이전과 같지 않을 것이라는 생각도 든다.

이것은 내 마지막 이야기다. 그리고 너무 늦기 전에 이 이야기를 살로메에게 해줄 것이다. 살로메를 위한 이야기다. 그녀가 내 인생에서 의미가 있었던 유일한 사람이었음을, 내 부모보다도 프레데릭보다도 더 중요한 사람이었음을 말해주기 위해서다. 프레데릭은 내게 절대 그런 사람이 될 수 없을 것이다. 서울이라는 도시에 존재하는 수백만의 사람들, 서울의 모든 동네, 모든 건물에 사는 사람들, 큰길과 골목길, 다리와 지하철, 터널을 지나다니는 수많은 사람 중에서, 그리고 한강과 세월을 함께 한 사람들 중에서도 살로메가 유일했음을 말해주기 위해서다. 전쟁과 범죄와 열정이 지나는 것을 지켜본 역사의 증인인 한강, 푸르고도 누런 그 강물은 지금도 바다로 흘러 들어가 태평양의 더러운 물과 뒤섞인다. 그리고 그 물은 다시 돌아오지 않는다.

무지개다리를 건너, 살로메를 위한 이야기

2017년 4월

    이건 실화다. 내가 한 이야기 중 유일한 실화다. 살로메가 고통에서 벗어나도록 들려준 다른 이야기들이 다 지어낸 것이라는 말이 아니다. 다만 그녀가 좋아하게 편집도 하고, 다정한 말들을 덧붙이기도 하고, 때로는 가혹한 말을 집어넣기도 했다. 그녀가 모르는 세상, 사람들이 열심히 움직이는 세상, 사람들이 태양의 열기와 겨울의 추운 바람과 비와 눈을 느끼며 사는 세상, 그녀에게 아무런 관심도 가지지 않는 잔인하고 이기적인 이 세상, 그녀가 죽는다 해도 그녀를 그리워할 사람은 아무도 없을 이 세상에서는 그런 일들이 벌어지고 있다는 것을 그녀가 알기를 바랐기 때문이다.

    일요일 아침 일찍, 어린 나오미는 양엄마인 한나와 함께 사는 아파트 12층에서 내려왔다. 아파트 앞에는 건물 가장자리를 따라 나무들을 심은 작고 기다란 정원이 있다. 나오미는 겨울에도 절대 이파리가 떨어지는 법이 없는 버지니아 목련나무 밑 눈 속에 새가 머리를 파묻고 있는 것을 발견했다. 갈색 털의 그 새는 움직이지 않은 채, 부르르 떨면서 잠든 것처럼 보였다. 나오미가 다가가자 새는 입을 벌리고 "삐약삐약" 소리를 냈다. 나오미는 쭈그리고 앉아 새를 바라보면서 이렇게 물었다. "어머나, 어떻게 된 거야? 길을 잃었니?" 새는 여전히 날카롭게 "삐약삐약" 소리로 응답했다. 그리고는 목 털이 다 헝클어질 만큼 목을 흔들어대면서 날갯짓을 했다. 한참 동안 꼼짝 않고 새를 바라보던 나오미가 자리를 뜨려 하자, 새는 나오미를 따라오려는 듯이 일어서서 그녀의 발 사이로 기어왔다. 그리고는 머리를 들고 날개를 흔들어대면서 "삐약"거렸다. 마치 "나를 데려가 줘!"라고 말하는 것 같았다. 저 새를 데려가지 않으면 동네 고양이들이 한입에 먹어버릴 것이라는 생각이 나오미의 머리를 스쳤다. 그래서 나오미는 두 손으로 그 새를 감싸 안았다. 새는 나오미가 하는 대로 가만히 있었다. 나오미의 손이 나뭇가지라도 되는 듯 새의 작은 발은 손바닥에 꼭 달라붙었고 발톱은 피부로 파고들었다. 나오미는 아파트로 올라갔다. 엄마가 없어 어디에 새를 놓아야 할지 몰라 화장실 수건 위에 가만히 올려놓았다. 나오미는 새에게 마실 물을 주었다. 처음에는 양치질 컵에다 물을 주었다. 하지만 새는 컵에 담긴 물을 마실 줄 몰랐다. 손바닥을 움푹하게 오므리고 물을 담아 주었더니, 새는 급하게 물을 마셨다. 나무에서 떨어져 아무것도 먹지도 마시지도 못한 채 꽤 오랜 시간이 흘렀던 모양이다. 따뜻한 아파트에 들어오니 생기가 도는 것 같았다. 깃털을 흔들어 대기도 하고 날갯짓을 하기도 했다. 나오미는 새의 깃털 색깔이 무척 예쁘다고 생각했다. 날개 가장자리에 갈색 테가 둘린 파란색 새였다. 나오미는 이제껏 그렇게 예쁜 새를 본 적이 없었다. 나오미는 한나가 돌아오기를 기다렸다. 새를 보자 한나는 "이 새는 숲에서 사는 새란다. 어치라고 부르지." 그래서 나오미는 아일랜드 새라도 되는 것처럼 그 새에게 '오제이'라는 이름을 붙여주었다. 한나는 그 새가 오래 살지 못할 거라고 했다. 둥지에서 떨어진 아기 새에게 먹을 것을 가져다줄 엄마 새가 없기 때문이란다. "오제이는 뭘 먹는데?" 한나는 새들은 아무것이나 다 잘먹는다고, 특히 숲속에 있는 곤충이나 벌레를 좋아한다고 말했다. 다행히 한나는 바닷가 출신이었기에 어디 가면 낚시할 때 사용하는 벌레를 살 수 있는지 잘 알고 있었다. 한나는 나오미를 데리고 서울역 근처에 있는 남대문시장으로 갔다. 그 시장에는 낚시하러 가는 사람들에게 낚싯밥을 파는 작은 노점상들이 있었다. 그곳에서 구더기를 한 봉지 사 왔다. 나오미는 오제이에게 첫 번째 음식을 주었다. 나무젓가락으로 구더기를 잡아 새 부리 앞에 들고 가만히 있었더니, 오제이는 그것을 얼른 받아 먹었다. 그리고는 만족한 듯 몸을 흔들더니, 특유의 날카로운 소리로 삐악대면서 다시 입을 크게 벌렸다. 그다음 일주일 동안 나오미와 한나에게는 기쁨의 연속이었다. 그들은 번갈아 가면서 오제이에게 먹이를 주었고, 말을 걸기도 했다. 똥도 치웠다. 나오미는 오제이가 종이 위에다 똥 싸길 좋아하는 것을 알게 되었다. 그래서 헌 신문지나 헌책 같은 것들을 구해왔다. 처음에는 오제이를 새장에 재우려고 했다. 그러나 오제이는 새장을 싫어했다. 새장에 가두기만 하면 너무도 절망적인 목소리로 삐악삐악 울어대는 바람에 나오미는 두 손으로 오제이를 감싸 안았다. 오제이는 나오미를 떠나려 하지 않았다. 나오미가 가는 곳이면 어디든, 심지어 목욕할 때나 화장실에 갈 때도 졸졸 따라다녔다. 한나가 설명해주었다. "둥지에서 떨어지면서 처음 본 사람이 너라서, 너를 엄마라고 생각하는 거야."

한나는 일하러 나가면서 오제이를 나뭇가지 위에 올려

놓았다. 아파트 정원에 있는 나무에서 가지를 하나 꺾어다 스카치테이프로 욕실에 고정해 놓았던 것이다. 학교에서 돌아오면 나오미는 아파트로 뛰어들어갔다. 가슴이 콩콩 뛰었다. 오제이는 "엄마, 나 배고파"라고 말하려는 듯, 아름다운 파란 날개를 퍼덕이고 특유의 삐악 소리를 내면서 나오미를 맞이했다. 나오미는 오제이에게 구더기를 먹였고, 오므린 손에 물을 담아 마시게 했다. 그리고는 바닥에 누워 오제이를 가슴에 올려놓았다. 오제이가 따스함을 느낄 수 있도록 말이다. "내 심장 소리를 들어봐." 나오미가 말했다. 아기들은 엄마의 심장박동 소리 듣는 것을 제일 좋아한다는 사실을 나오미는 잘 알고 있었다. 오제이가 자기를 엄마로 삼기로 했으니, 오제이를 안심시켜주어야 했다.

병실은 그녀의 아파트와는 정반대이다. 전부 다 하얗다. 네모난 창문으로는 햇빛이 그대로 들어온다. 플라스틱 차양이 강렬한 햇빛을 조금 막아줄 뿐이다. 살로메는 침대에 누워 있다. 그녀의 상체는 그녀가 숨 쉴 수 있게 펌프질하는 원통 모양의 금속 기계 안에 있다. 삐쩍 마른 팔과 다리, 그리고 발

만 보인다. 얼굴은 너무도 여위었다. 눈 주위 피부는 잿빛이
고, 머리칼은 머리핀으로 고정해 뒤로 넘겼다. 하지만 얼굴은
여전히 로세티의 〈시스터 스왈로〉처럼 반듯하다. 그녀는 침
대에 누운 채, 눈을 감고 있다. 병 때문에 창백한 얇은 입술
에는 미소가 담겨 있다. 그 모습은 존 에버렛 밀레이가 그린
〈오필리아〉도 닮았다. 열두 살 때 나는 그 그림을 무척 좋아
했다. 전라도 고향 집 내 방 벽에 그 그림을 붙여놓았을 정도
였다. 나오미 이야기를 시작하자 살로메의 눈꺼풀이 바르르
떨렸다. 그렇게라도 내게 무슨 말인가 하고 싶기 때문일 것이
다. 내 이야기를 듣고 있다고, 나를 기다렸노라고 말이다. 프
레데릭이 내게 경고했다. "지금 가지 않으면, 너무 늦을 거야."
그 말 때문에 살로메를 보러 올 결심을 한 것은 아니다. 내가
어릴 적 거두었던, 그러나 조금씩 내게서 멀어져갔던 새에 대
한 기억 때문이었다. 그 새 이야기를 살로메와 나누고 싶었
다. 죽을 때까지 내가 돌보았던 그 동물만큼 살로메가 내게
소중한 존재이기 때문이 아니라, 그것은 살아 있는 모든 생명
체에게 공통되는 이야기이기 때문이다. 출생의 순간 못지않
게 살아가면서 가장 신비로운 이야기이기 때문이다.

나오미는 오제이와 사랑에 빠져 몇 주를 보냈다. 학교에서 돌아오면 욕실로 달려갔고, 파란 새는 삐악삐악 하면서 나오미를 맞이했다. 새의 울음소리는 단지 "엄마, 배고파요."를 의미하는 것이 아니었다. 어둡고 작은 공간에서 오랫동안 혼자 있다가 나오미를 만날 때의 행복을 전하는 노랫소리였다. 나오미는 새를 어깨 위에 올려놓았다. 오제이는 나오미의 귀를 부리로 톡톡 쪼기도 하고 머리칼을 가볍게 물어뜯기도 했다. 그러다 보면 식사 시간이 시작되었다. 나오미는 나무젓가락 끝에 딱정벌레와 구더기를 집어 오제이의 부리에 넣어주었다. 새의 입을 열게 하려고 나오미는 "아, 아" 소리를 냈다. 아이에게 밥을 먹이려고 "아, 아" 하면서 숟가락을 내미는 엄마처럼 말이다. 하지만 뭔가 잘못되어가고 있었다. 나오미는 오제이 부리 밑 부분에 하얀색 작은 혹이 있는 것을 보았다. 나오미는 한나와 의논해 서울대학교 수의과 동물병원에 가보기로 했다. 그곳에는 야생조류과가 있기 때문이다. 병원에서 미화원으로 일하는 한나의 친구 유진이가 예약해 주었다. 진단 결과는 잔인했다. 오제이는 야생조류에게 치명적인 바이러스에 감염되었다고 했다. 그 바이러스는 부리를 일그러뜨리고 혈관을 막아버린다는 것이다. 오제이는 사형선고를 받은 것이나 다름없었다. 수의사는 고통을 덜어주고, 다른 야생조류에게 전염되는 것을 막기 위해 바로 안락사시킬 것을 권했다. 나오미는 눈물로 범벅되어 집으로 돌아왔다. 아무리 엄마의 말이 합리적이고 맞는 말이어도 오제이를 죽이는 데 동의할 수 없었다. "나오미야, 받아들여야 한다. 오제이한테나 너한테나 그것이 유일한 해결책이잖니. 운명처럼 닥치는 일을 피할 수는 없단다." 하지만 어떻게 오제이를 버릴 수 있단 말인가. 나오미에게 절대적인 사랑과 신뢰를 보내면서, 어딜 가도 따라다니는 오제이를! 그렇게 잘 먹고, 먹고 난 후에는 노래도 하고 파란 깃털을 보여주려고 날개를 펼쳐 보이는 오제이를! 기도라고는 한 번도 해본 적이 없었지만, 나오미는 꿈속에서 만난 모든 신과 모든 영혼에게 오제이의 병이 낫게 해달라고 기도했다. 그날부터, 오제이에게 매 순간은 운명과의 싸움이었다. 그 싸움에서 이겨야만 하루를, 한 시간을 버틸 수 있었다. 부리로 쪼아 먹는 먹이 하나하나는 오제이에게 힘을 주었고, 나오미의 심장박동 소리 하나하나는 오제이의 심장을 뛰게 만들었다. 나오미는 오제이를 손으로 감싸 안고, 솜털 사이로 느껴지는 심장박동 소리를 들었다. 오제이를 즐겁게 해주려고 새들의 노랫소리가 담긴 CD를 구해다가 엄마의 컴퓨터에 연결했다. 인터넷으로 산에 사는 어치 노랫소리가 담긴 녹음파일을 찾아 오제이에게 들려주기도 했다. 오제이는 눈을 크게 뜨고 음악을 들었다. 그 음악을 좋아하는 것 같았다. 밤이 되면 오제이는 나오미에 기댄 채 잠이 들었다. 자기 전에 나오미는 오제이의 숨소리를 들을 수 있도록, 또 무슨 일이 생기면 바로 조치할 수 있도록 자기 침대 바로 옆 나뭇가지에 오제이를 올려놓았다. 밤이 되어도 나오미는 잠을 자지 않고, 오제이가 죽지 않고 살 수 있다면 보고 느낄 수 있을 것들을 상상했다. 하늘에 부는 바람 냄새를, 하늘을 날 때 밑으로 보이는 푸르게 펼쳐진 논을, 산과 숲들을, 그리고 나오미가 가르쳐준 것처럼 나무껍질에 있는 벌레들을 잡을 때 소나무가 햇살을 받으며 발산하는 향기를. "제발 죽지 마." 기도하듯이 나오미는 중얼거렸다. "이 세상에는 네가 아직 보지 못한 아름다운 것이 너무나 많이 있단다. 어릴 때도 죽을 뻔했지만 살아났잖아. 내가 너를 구해주었잖니. 그러니까 죽지 마."

살로메는 내 이야기를 듣는다. 검은 눈 위로 가끔 눈꺼풀이 깜빡거리는 것을 보니 내 이야기가 마음에 드는 모양이다. 검은 눈에서 눈물이 반짝이는 것이 보인다. 의사 선생님은 살로메 나이 정도의 여의사였다. 아마도 그래서 죽음에 다가가는 살로메를 더욱 안타깝게 생각하나 보다. 내가 침대 옆에 있는 철제의자에 앉으려 하자 내게 말했다. "아무 의식도 없어 보일 겁니다. 고통을 줄여주는 약을 먹었기 때문이지요. 하지만 이야기를 해주세요. 그걸 들을 겁니다. 자고 있는 것처럼 보여도 환자는 당신 이야기를 듣고 있다는 걸 아셨으면 해요." 매일매일 그녀를 만나러 가는 사람은 나뿐이었다. 일 거리도 없었고, 마침 시험 기간도 지났기 때문이다. 나는 좋은 성적을 얻지 못했다. 아마도 일 년 낙제할 것 같다. 학교에 계속 다닐 돈을 마련하지 못할 수도 있다. 그러면 저 멀리, 서울에서 먼 곳, 남쪽 전라도로 돌아가 엄마 일을 도와야 할지도 모른다. 프레데릭 박은 곧 미국 유학을 떠날 예정이라고 한다. 러커스 대학(이 대학 스펠링은 Rutgers인데 왜 다들 러커스라 발음하는지 모르겠다.)으로부터 입학허가서를 받았다고 한다. 그는 나에게 함께 가자는 제안을 하지 않는다. 어쨌든 나는 그를 따라가서 남자를 등쳐먹는 나쁜 여자가 될 위인은 못 된다. 살로메는 그 모든 것에서 멀리 떨어져 있다. 그녀는 모든 소음과 폭풍우로부터 멀리, 일종의 섬에 있다. 내 목소리만이 그녀를 잡아주는 유일한 끈이다.

　오제이는 기력을 잃었다. 나무젓가락으로 먹이를 주면 달려와 먹던 오제이가 머리를 돌려 버렸다. 가끔 소리를 냈다. 특유의 날카로운 삐악 소리를. 하지만 나오미는 그 소리에 더는 기쁨이 담겨 있지 않음을, 그보다는 분노와 두려움이 담겨 있음을 잘 알았다. 그것은 왜? 라는 질문이었다. 하지만 그 질문에 대한 답은 없었다. 나오미는 오제이 기분을 좋게 하려고 꼭 안고 아파트 건물 밑으로 내려가 이파리가 다 떨어진 작은 정원 나무 사이를 걸어 다녔다. 오제이가 어쩌면 자기가 태어난 곳을 알아보고, 자기를 낳은 엄마와 자기가 태어난 둥지를 기억할지도 모른다고 생각했기 때문이다. 하지만 오제이는 밖으로 나오자 몸을 부르르 떨었다. 눈을 감고 어린 나오미의 목에 바짝 달라 붙었다. 오제이에게 이 세상은 너무 컸고, 하늘은 너무 하얗게 보였다. 찬 바람이 솜털 안으로 스며들었다. 오제이는 나오미가 내미는 나뭇가지를 움켜잡을 힘도 없었다. 아니면 어린 소녀가 자기를 나무에 버리고 가 버릴까 봐 두려웠는지도 모른다. 할 수 있는 게 아무것도 없었다. 동물병원 조수인 눈이가 말했다. "언젠가는 오제이를 이리로 데려와야 할 거다. 고통 없이 죽게 하려면 말이야. 그놈이 너한테 그것을 요구할 거야. 정말 오제이를 사랑한다면 그걸 베풀어 주어야 해." 한나는 아무 말도 하지 않았다. 하지만 새를 가슴에 꼭 안고 있는 나오미를 바라보면서 한숨지었다. 사랑은 시련이구나 하고 생각했다. 한나 역시 보육원에서 나오미를 데려오면서 똑같은 감정을 느꼈기 때문이다. 그것은 저버릴 수 없는 약속이었다. 일단 시작했으면 끝까지 가야만 했다. 이제는 밤이 되어도 오제이를 욕실로 데려가 스카치테이프로 고정한 나뭇가지 위에 올려놓지 않았다. 그놈이 잠들 때까지 자기 가슴에 꼭 안고 있었다. 자는 동안 똥을 쌀까 봐 가슴 위에 기저귀를 까는 것도 잊지 않았다. 잠이 들면 조심스럽게 횟대 위에 올려놓았다. 가슴에 안고 자다가 혹시나 오제이를 다치게 할까 봐 겁이 났기 때문이다. 나오미는 오제이의 숨소리를 들었다. 이렇게 조그만 동물이 숨을 쉬면서 그런 소리를 낼 수 있다는 것을 한 번도 생각해본 적이 없었다. 꿈을 꾸는 듯 가끔 날카로운 소리를 내기도 하고, 부드럽게 슈우 하는 소리를 내기도 했다. 나오미에게는 오제이가 숨 쉬며 잠자는 매 순간이 너무도 소중했다.

나오미도 잠이 들었다. 이상한 꿈으로 가득한 얕은 잠이었다. 어릴 때부터 보았던 온갖 생명체가 나타나는 꿈이었다. 기분이 좋아지는 것들도, 불길하고 소름 끼치는 것들도 있었다. 나오미는 종종 서울 하늘에 살고 있는 두 마리의 용 꿈을 꾸곤 했다. 그 용들은 도시와 강을 완전히 뒤덮기도 하고, 가끔 일어나 둘이 서로 마주하고 천천히 움직이기도 했다. 나오미는 오제이가 그 용들과 함께 날아가는 꿈을 꾸었다. 그 꿈속에서 오제이는 용들과 함께 시골 숲과 논밭 위를 날아다녔고, 그러다 바다에 있는 섬들에까지 이르기도 했다.

살로메도 움직이고 싶어 한다. 아마도 등에 난 욕창 때문에 괴로워 그럴지도 모른다. 아니면 다리에 경련이 일어나기 때문인지도. 어릴 때 할머니에게 해드리려고 배운 대로 천천히 살로메에게 마사지해준다. 단단하게 굳은 힘줄과 근육에 손가락을 대고 피와 림프를 천천히 위로 몬다. 인공호흡기에서 소리가 난다. 마치 해변 조약돌 위로 밀려오는 파도 소리 같다. 심장 모니터에서 날카로운 잡음이 들린다. 간호사가 금방 올 것이다. 모자 밑으로 긴 머리를 쪽진 간호사의 얼굴은 창백하다. 그녀는 살로메의 오른손 혈관에 연결된 튜브에 주사기를 꽂는다. 그리고 고통을 덜어주는 뿌연 액체를 흘려보낸다. "이제 내일 아침까지 주무실 겁니다." 그녀는 창문 블라인드를 내린다. 어둠이 방을 뒤덮는다. 하지만 형광등 불빛 때문에 복도는 여전히 환하다. 나는 일어나, 소리 없이 문 앞으로 걸어간다.

그날 밤, 나오미는 이상한 소리에 잠이 깨어 얼른 일어났다. 오제이가 횃대에서 떨어져 있는 것이 보였다. 그 새는 하얀 수건 위에 가만히 놓여 있었다. 모로 누워 있었는데 깃털이 가볍게 흔들리는 것으로 보아 아직 살아 있는 것이 확실했다. 나오미는 두 손으로 조심스럽게 오제이를 감싸 안고 자신의 가슴에 갖다 댔다. 그리고 다정하게 속삭였다. 하지만 오제이는 머리를 뒤로 젖히고 두 눈은 감은 채 꼼짝도 하지 않았다. 나오미는 학교에서 배운 응급조치법이 생각났다. 오제이가 다시 숨을 쉴 수 있도록, 반쯤 열린 새의 부리에 대고 숨결을 불어넣었다. "일어나. 오제이, 제발." 잠시 후 오제이는 잠이 깬 듯, 눈을 반쯤 뜨고 나오미를 바라보았다. 하지만 이미 회복 가능성이 없어 보이는 멍하고 초점 없는 시선이었다. 나오미는 오제이가 부르르 떠는 것을 느꼈다. 오제이는 다시 한번 날갯짓하면서 아름다운 푸른 깃털을 소녀에게 보여주고 싶었을 것이다. 새는 "삐악-삐악" 두 번 울었다. 기쁨에 찬 소리를 외치고 싶었으리라. 하지만 그것은 고통의 소리였다. 생명이 소진되고 있었기 때문이었다. 꺼져가는 마지막 생명을 붙들고 싶었지만 그렇게 할 수 없었기 때문이기도 했다. "오제이… 오제이…" 나오미는 중얼거렸다. 다시 한번 새의 부리로 숨결을 불어넣었다. 솜털 사이로 심장을 마사지하기도 했다. 갑자기 새의 몸이 굳었다. 마치 하늘로 날아가려는 듯이, 머리를 뒤로 젖히고 날개를 편 채, 나오미의 손에 안겨 오제이는 죽었다.

이제 살로메는 아무것도 듣지 못한다. 어제부터 코마 상태에 들어갔다. 인공호흡기에서는 여전히 바다에서 밀려오는 파도 소리가 났다. 그녀의 들숨과 날숨이 내는 고통스러운 소리가. 생명이 그녀의 육체를 떠날 때, 그녀는 소리를 지르지도, 단 한마디 말을 속삭이지도 않았다. 그저 갑자기 아주 하얘졌을 뿐이다. 나는 그녀를 구해보려고 했다. 팔다리를 주

무르기도 했고, 그녀의 입술에 입김을 불어 넣기도 했다. 하지만 그녀는 이미 무지개다리를 건너 멀리 가고 없었다. 오제이처럼. 가슴에 공기펌프를 고정시킨 채, 고통을 잊게 해주는 뿌연 액체를 혈관으로 보내주는 튜브를 손목에 매단 채, 살로메의 시신은 병원 침대에 놓여 있었다. 그녀가 죽는다 해도 아무런 감정의 동요를 느끼지 않을 거라고 생각했다. 아니 오히려 그녀의 지배와 심술에서 벗어나면 해방감을 느낄 수 있을 거라고 생각했다. 그런데 갑자기 그녀에 대한 원망의 감정이 사라졌다. 전라도에 있을 때 아버지는 낙지를 잡자마자 뒤집어 놓곤 했다. 그렇게 금방 뒤집히는 낙지처럼 내 감정도 갑자기 반대가 되었다. 마음을 나눌 수 있는 누군가를 만나기가 거의 불가능한 서울이라는 도시에서, 살로메는 진정 내게 관심을 가져주었던 유일한 사람이었을 것이다. 그녀는 내가 자기만을 위해 살기를 바랐고, 바깥세상에 관해 이야기해주기를 바랐다. 그녀는 나를 이용했다. 하지만 나를 보호해준 것도 사실이다. 살로메를 떠나야 할 시간이 되었을 때, 내 눈에는 눈물이 가득 고였다.

　　나오미는 밤새도록 오제이 곁을 지켰다. 아침이 되어 엄마가 일어나기 전에 나오미는 아파트 정원으로 내려갔다. 손으로 목련나무 밑에 구멍을 팠다. 그리고는 그 안에 오'제이를 내려놓았다. 먹이를 받아먹으려고 기다릴 때처럼 머리를 뒤로 젖힌 채 모로 눕혔다. 꽃은 심지 않았다. 기도도 하지 않았다. 누구한테 기도해야 할지 몰랐다. 세상은 모두 잠들어 있었다. 서울 하늘에 살고 있는 두 마리의 용마저도 서로 얽힌 채 아직 자고 있었다. 나오미는 땅위에 눈물을 뿌렸다. 이제 나오미는 어제의 나오미가 아니다. 정신과 육체는 살고 싶은데, 그런데도 죽어야 하는 것이 얼마나 힘든 것인지 알게 되었기 때문이다. 저 세상으로 넘어가는 멋진 색깔의 무지개다리를 향해 영혼이 날아가기 전까지는, 소리도 지르고 몸을 떨기도 하면서 완강하게 저항해야 한다는 것을 말이다.

나오미는 오'제이를 잊지 않았다. 매일매일 학교 가기 전이나 학교에서 돌아오면, 목련나무 앞에 서서 오'제이와 대화를 나누며 그날 일어난 일들을 이야기한다. 그날 본 재미있는 일이나 슬픈 일을 이야기하고, 해가 나는지 바람이 부는지 같은 날씨 이야기도 한다. 조금 있으면 피기 시작할 꽃들에 대해서도, 움푹 파인 나무 밑동에서 "우리를 먹어 봐, 우리를 먹어 봐"라고 말하려는 듯 꿈틀거리는 작은 벌레들에 대해서도 이야기 한다. 나오미는 종종 하늘에서 날갯짓하는 소리를 듣는다. 날카로운 울음소리도 듣는다. 나오미는 오제이가 멀리 있지 않음을, 다시 돌아올 것임을 느낀다.

나는 빛나다. 이제 스무 살이다. 나는 서울이라는 거대한 도시의 하늘 밑에 혼자이다. 많은 사람을 만났고, 많은 사건을 겪었고, 많은 것을 경험했다. 내가 직접 겪은 일도 있고, 꿈에서 본 것도 있고, 또 사람들에게서 들은 이야기도 있다. 나는 살로메, 본명 김세리의 장례식에 가지 않았다. 프레데릭 박이 갔는지는 잘 모르겠다. 살로메의 가족은 그 남자를 좋아하지 않았다. (그 말을 한 사람은 프레데릭 자신이다. 자기 이야기를 하고 싶었던 어느 날, 그는 내게 그렇게 말했다.) 그들은 프레데릭을 제비라고, 그러니까 여자를 등쳐먹는 놈팡이라고 생각했다. 그들의 판단이 완전히 틀린 건 아니라는 생각이 든다. 그는 다른 많은 남자와 똑같은 남자이다. 원하는 것을 취한 후에는 뒤도 안 돌아보고 가버리는 남자인 것이다.

나는 서울의 하늘 밑을 걷는다. 구름은 천천히 흐른다. 강남에는 비가 내리고, 인천 쪽에는 태양이 빛난다. 비를 뚫고 북한산이 북쪽에서 거인처럼 떠오른다. 이 도시에서 나는 혼자다. 내 삶은 이제부터 시작될 것이다.

서울-파리-서울 2017년 4월~9월

옮긴이의 말

장 마리 귀스타브 르 클레지오만큼 전 세계 독자들로부터 사랑받는 작가는 드물 것이다. 세계에서 가장 많은 언어로 번역된 작가라는 점은 그의 국제적 명성을 확인시켜준다. 르 클레지오의 글이 세계인들을 사로잡은 이유는 무엇일까? 그 답은 아마도 스웨덴의 한림원이 그를 노벨상 작가로 선정한 이유에서 찾을 수 있을 것이다. 한림원은 "새로운 출발, 시적 모험, 관능적 환희, 군림하는 문명의 저변을 받치고 또 그것을 넘어서는 인간성 탐험의 작가"라고 그를 평했다. 극도의 물질주의가 지배하는 가운데 인간성은 상실되고 진정한 삶의 가치는 사라진 현대사회에서 클레지오의 작품은 신선한 충격이 아닐 수 없다. 그의 작품에 일관되게 존재하는 물질문명의 폐해, 세속적 가치에 대한 무관심, 제도에 대한 거부,

원시문화와 신화에 대한 동경, 자연에 대한 예찬, 하찮은 동물이나 사물에 대한 애정 어린 시선, 폭력과 전쟁에 대한 고발, 매 순간의 삶에 담긴 아름다움에 대한 경탄 등에서 독자들은 위로를 받고 삶의 의미를 되새긴다.

특히 그는 유럽인임에도 제3세계인의 시선으로 세계를 보고 그린다는 점에서 놀라운 작가이다. 하지만 그의 삶의 궤적을 따라가다 보면 작가의 그러한 성향은 결코 우연이 아님을 알게 된다. 그의 조상이 18세기 말 모리셔스 섬으로 이민을 가지 않았다면 (그는 프랑스와 모리셔스 이중국적 소유자이다.), 어린 시절 아버지를 만나러 아프리카로 가서 생활하지 않았다면, 태국과 멕시코에서 대체복무를 하지 않았다면, 4년이라는 기간 동안 파나마 인디언들과 함께 생활한 경험이 없었다면, 또 모로코 출신의 아내 제미아를 만나지 않았다면, 지금의 르 클레지오는 존재하지 않을 터이니 말이다. 끊임없이 세계를 여행하는 노마드적 삶 역시 그의 작품 활동에 지대한 영향을 미쳤음은 의심의 여지가 없다. 실제로 그의 작품세계는 다음에서 보듯 그의 삶의 여정과 궤를 같이 한다.

르 클레지오가 문단에 데뷔한 것은 『조서』를 발표한 23세 때였다. 첫 소설 『조서』로 르노도상을 받으며 문단을 떠들썩

하게 만들었던 그는 인터뷰를 사양하는 등 대중에 모습을 드러내기를 꺼렸기에, 당시 언론은 그를 일컬어 '비밀에 싸인 작가'라고 부르기도 했다. 작가가 20대에 발표한 『조서』(1963), 『홍수』(1966) 등의 초기 작품들은 현대의 물질문명이 만들어낸 거대한 도시에서의 인간소외 현상을 섬뜩할 정도로 치밀한 언어로 그려내고 있다.

그러나 1970년부터 4년간 파나마에서 인디언들과 함께 생활하고 난 후 그의 작품은 변화하기 시작한다. 지적·형이상학적 긴장은 신화적·몽환적 서사로, 복잡한 글쓰기는 투명하고 명료한 글쓰기로 변모한다. 동시에 현대도시와 기계문명의 그림자에서 벗어나 원시적이고 신화적인 세계에서의 근원적인 감성과 자연과의 합일을 시적이고 서정적인 언어에 담는다.

1980년에 발표한 『사막』은 모로코 출신 아내 제미아의 영향이 두드러지는 소설이다. 이 소설에서 작가는 서구 열강의 침략과 그 폭력성을 고발하는 동시에 피지배 민족 후예들의 이야기를 통해 이민자 문제를 냉철하게 다루고 있다. 그 후 1996년에 발표한 『황금물고기』는 이민자 문제에 더욱 집중한 소설이다.

한편, 40대 중반에 들어서면서부터 작가는 『금을 찾는 사람들』(1985)을 시작으로, 『로드리게스로의 여행』(1986), 『오니샤』(1991), 『검역』(1995), 『혁명』(2003), 『아프리카인』(2004), 『허기의 간주곡』(2008) 등의 작품과 더불어 가족들의 이야기, 조상들의 이야기를 쏟아낸다. 할머니, 어머니, 고모들로부터 들은 이야기, 그리고 가족들이 주고받은 편지 등은 무궁무진한 이야깃거리를 제공한다고 그는 말한다.

그는 이제까지 서른 권이 넘는 소설과 소설집, 스무 편에 달하는 에세이와 어린이를 위한 이야기, 그리고 수많은 기고문과 강연문을 쓴 작가이다. 그는 언제나 어디서나 글을 쓴다.

르 클레지오가 한국을 처음 방문한 것은 2001년이었다. 르 클레지오의 방한은 큰 뉴스거리였다. 이미 십여 편의 소설이 번역되었을 뿐 아니라 상당히 두터운 독자층을 확보하고 있었기 때문이다. 언론은 "프랑스 문학의 살아 있는 신화"로 불리는 르 클레지오의 방한에 큰 기대를 표명했다. 특히 신작 발표 때만 인터뷰 하고 대중과의 접촉을 피하는, 베일에 싸인 작가로 알려진 그가 동북아시아에서 처음으로 한국을 방문한다는 사실에 의미를 두기도 했다. 한국을 찾은 작가의 소감을 묻는 기자들에게 그는 "프랑스와 멀리 떨어져 있는 한국에서 내 작품이 지속적으로 번역되고 있다는 사실이 신기하게 느껴져, 전부터 한국을 보고 싶었고 한국인들을 만나고 싶었다."고 말한 바 있다. 나는 그 당시 강연의 사회를 맡은 것을 인연으로 작가와의 우정을 이어오고 있다. 그는 2007~2008년 1년간 이화여대의 석좌교수를 지냈다.

종교에 관심이 많은 르 클레지오는 한국의 샤머니즘 굿에도 참석하였고, 사찰의 불교의식에 동참하기도 했다. 그는 화순의 운주사를 방문하고 〈운주사 가을비〉라는 시를 쓰기도 했는데, 마침 이슬비가 내리던 운주사를 돌아보면서 마치 정령들이 솟아오르는 듯한 느낌을 받았다고 한다. 그런가 하면 2005년 서울국제문학포럼의 '세계평화선언 대회' 참석을 위해 서울로 오는 비행기 안에서 느꼈던 소감을 〈동양, 서양(역사·몽환 시)〉이라는 시에 담아 포럼에서 낭독하기도 했다.

첫 방문 이후 그는 수차례에 걸쳐 한국을 방문하였고, 한국의 문학과 더불어 음식, 신화, 전통, 종교, 역사, 세대 간의 갈등, 남북문제, 정치 사회 문제 등에 관심을 보였다. 특히 한국에서 다양한 종교가 갈등 없이 공존하는 현상에 대해 놀라움을 표시하기도 했다.

난민 문제가 한창 이슈화되었던 지난 해 2016년, 이화여대는 그에게 난민을 주제로 강연을 해 달라고 요청했다. 그는 자기 자신도 난민이고 이민자의 후손이라는 말로 강연을 시작했다. 그의 조상들은 프랑스 혁명의 혼란기에 가난과 내전을 피해 새로운 땅을 찾아 떠났던 것이다. 그리고는 프랑스 문화를 풍요롭게 한 수많은 외국 작가들과 예술가들을 거명하면서 혼종적 문화의 풍요성을 강조했다. 그에 따르면 모든 문화는 값지고 가치가 있으며, 타문화에 배타적인 닫힌 문화는 죽은 문화이다. 우월한 민족과 열등한 민족이 존재하지 않듯이, 우열하거나 열등한 문화는 없다. 모든 문화는 그 고유의 가치를 지닌다.

그래서 그는 늘 여행을 떠난다. 새로운 땅, 새로운 문화를 배우고 그것에 관해 쓴다. 아프리카나 아메리카 등에 비해 아시아는 르 클레지오가 상대적으로 늦게 발견한 대륙이다. 물론 불교문화가 지배적인 태국에서 생활한 경험이 있으니 아시아의 불교문화를 몰랐다고는 할 수 없다. 또한 유교, 도교, 불교 서적을 탐독하여 동양 철학에 대한 해박한 지식을 가지고 있기도 하다. 그의 작품에서 느껴지는 정신성, 자연과의 합일, 침묵의 가치 등은 그의 사상이 동양적 사유와 만나고 있음을 보여준다. 그러나 본격적으로 그가 아시아, 특히 동북아시아와 인연을 맺기 시작한 것은 한국을 방문한 2001년 이후이다. 그 이후 작가는 독학으로 한글을 깨칠 정도로 한국에 남다른 애정을 키워왔다.

르 클레지오는 특히 한국 남단의 섬 제주를 사랑했다. 2009년 GEO 30주년 특별호는 〈제주의 매력에 빠진 르 클레지오〉라는 기사를 싣기도 했다. 그는 제주도의 자연과 더불어 해녀들에게 특별한 관심을 보였다. 작가에게 폭풍우가 몰아치는 척박한 환경을 헤쳐 나가는 제주의 해녀는 생명의 에너지에 다름 아니다. 그리하여 2014년 르 클레지오는 제주의 작은 섬 우도의 해녀들에게 바치는 소설 『폭풍우』를 발표했다. 이 소설은 제주의 해녀들에 대한 오마주인 동시에 제주라는 섬에 대한 찬가이다.

르 클레지오는 서울이라는 도시에 대해서도 흥미와 애정을 느꼈다. 그는 언젠가 웃으며 이렇게 말했다. 서울은 최선과 최악이 공존하는 곳이라고. 그에게 최악이란 산업화의 정수라 할 수 있는 최첨단 시설과 최고의 호화로움이 있는 인위적인 고층건물이다. 그에게 최선이란 도심 번화가 뒤에 숨은 좁은 뒷골목과 돌담길, 도심에 위치한 아담한 사찰들, 경복궁과 청와대를 품어 안은 단아하면서도 기품서린 북악산, 시내 한복판에 쉼터를 제공하는 나지막한 야산들, 복잡한 도시 한복판의 한적한 언덕길, 북한산과 그 산자락에 자리한 작은 카페들이다. 이렇듯 그는 서울 안의 시골을 좋아했다. 그는 늘 서울을 무대로 하는 소설을 한 번 쓰겠노라 말하곤 했다.

그리하여 『빛나 − 서울 하늘 아래』가 탄생한다. 르 클레지오의 많은 소설이 그러하듯 『빛나』의 주인공은 불굴의 의지로 어려운 환경에 의연히 맞서는 젊은 여성이다. 빛나는 전라도 어촌 출신의 가난한 대학생이다. 우연한 기회에 그녀는 CRPS, 즉 복합부위통증증후군을 앓고 있는 여자 살로메에게 이야기를 들려주는 아르바이트를 하게 된다. 살로메의 부모는 불치의 병으로부터 도피하고자 막대한 재산을 딸에게 남긴 채 자살해 버렸다. 그리고 이제는 그녀가 죽을 차례다. 사형선고를 받은 것이나 다름없는 상태로 집안에 갇혀 있는 살로메는 빛나의 이야기를 들으면서 상상 여행을 한다. 죽음을 앞두고 이야기에 목말라 하는 살로메의 모습에서 우리는 역설적으로 생명의 소중함을 읽게 된다. 빛나가 살로메에게 해주는 이야기들에서도 삶과 죽음은 교차한다.

이 소설에서 작가는 서울의 이곳저곳을 여행한다. 신촌과 이대 입구의 골목길, 방배동의 서래마을, 강남, 용산, 홍대, 당산동, 오류동, 과천의 동물원, 충무로, 종로, 명동, 영등포, 여의도, 인사동, 안국동, 경복궁, 창덕궁, 청계천, 북한산, 남산, 잠실, 한강… 그의 시선은 서울의 구석구석을 파고든다. 그가 다닌 동네들, 그가 만난 사람들, 그가 들은 이야기들, 그 모든 것은 작품 안에 녹아든다. 작가는 놀라운 통찰력으로 한국인의 정신과 감수성을 표현한다.

빛나의 이야기를 통해 르 클레지오는 북의 고향을 떠난 한 남자의 향수와 더불어 분단국가의 아픔을 노래하는가 하면, 메마르고 우울한 도시에서의 이웃 간 연대의식과 '정'을 표현한다. 또한 영혼의 회귀, 즉 불교적 의미의 윤회를 언급하기도 하고, 탐욕스런 남자들의 희생양이 되는 아이돌 가수의 슬픈 종말을 그리기도 한다. 또한 스토커 일화를 통해 젊은 여성들이 대도시에서 느끼는 공포도 묘사한다. 버려진 아이들에 대한 어른들의 무책임함 역시 이 작품의 주제 중 하나이다. 그는 동시에 서울이라는 대도시에서의 빈부격차와 그에 따른 인간소외에 대해 언급하는 것도 잊지 않는다. 그런데 빛나가 하는 이야기들은 서로서로 연결된다. 아무 관계도 없는 사람들이 언젠가는 만나 인연을 맺듯이 말이다. 작가는 말한다.

"각각의 이야기는 서로서로 연결된다. 지하철 같은 칸에 탔던 사람들이 언젠가는 서울이라는 대도시 어디에선가 다시 만날 운명이라는 사실은 의심의 여지가 없는 것처럼 말이다."
(190쪽)

『빛나』를 읽으면서 나는 1963년 발표한 그의 첫 작품 『조
서』를 떠올렸다. 글쓰기 방식이나 주제의식은 많이 다르지
만, 『조서』 역시 파리라는 삭막한 대도시에 사는 한 젊은이
의 실존적 문제를 제기하고 있기 때문이다. 그러나 『조서』라
는 소설이 대도시에서의 소외를 차갑고 어둡게 그리고 있다
면, 『빛나』에서는 대도시 한가운데 존재하는 이웃 간의 따뜻
한 인간애가 정겹고 소박한 언어로 표현된다. 작가가 항상
특별하게 생각했던 한국인 특유의 '정'을 말하고 싶었던 것이
리라.

르 클레지오의 이번 작품은 얼핏 서울이라는 거대 도시의
구석구석에 먼지처럼 켜켜이 쌓여 있는 절망을 이야기하는
것처럼 보인다. 하지만, 작가는 그 절망과 좌절을 통해 생은
더욱 빛나고 미래는 희망차다는 세계관으로 소설을 마무리
한다.

"나는 서울의 하늘 밑을 걷는다. 구름은 천천히 흐른다. 강
남에는 비가 내리고, 인천 쪽에는 태양이 빛난다. 비를 뚫고

북한산이 북쪽에서 거인처럼 떠오른다. 이 도시에서 나는 혼자다. 내 삶은 이제부터 시작될 것이다." (237쪽)

르 클레지오의 많은 소설처럼 『빛나』도 슬프다. 그러나 작가는 이 슬픈 이야기를 무겁지 않은 리듬의 아름답고 서정적인 글로 전달한다. 그것이 르 클레지오의 놀라운 점이다. 르 클레지오가 서울에서 느낀 기쁨과 슬픔, 고뇌와 희망을 한국의 독자들이 공감할 수 있기를 바란다.

2017년 겨울

송기정

장-마리 귀스타브 르 클레지오 연보

1940. 프랑스 니스에서 출생.

프랑스와 모리셔스, 이중국적을 지님.

18세기에 프랑스 브르타뉴 지방에서 모리셔스 섬으로 이주한 가족의 후손으로서, 아버지 라울 르 클레지오와 어머니 시몬 르 클레지오는 서로 사촌 남매지간임.

1948. 가족과 함께 아버지가 군의관으로 근무하는 아프리카 나이지리아로 이주.

1950. 프랑스 니스로 돌아옴.

1959. 영국 브리스톨대학 유학.

1960. 영국 옥스퍼드대학에서 수학.

1961. 프랑스 니스대학에서 수학.

1963. 첫 소설 『조서』로 프랑스 르노도상을 받음으로써 화려하게 문단에 데뷔.

1964. 앙리 미쇼 연구로 엑상프로방스대학에서 석사학위 취득.

1965. 소설집 『열병』 출간

1966. 소설 『홍수』 출간. 태국에서 군 복무.

1967. 태국에서 군 복무 중 관광객을 상대로 한 매춘을 고발하는 글을 발표하여 태국 정부로부터 추방됨.

1967. 멕시코에서 군 복무 마침. 도서관에 근무. 멕시코대학에서 마야 와 나와틀 문명 연구.
소설 『사랑의 대지』, 에세이집 『물질적 법열』 출간.

1969. 소설 『도피의 서』 출간.

1970-1974. 파나마에서 원주민들과 생활.

1970. 소설 『전쟁』 출간.

1971. 에세이집 『아이』 출간.

1972. 라르보상 수상.

1973. 소설 『거인들』 출간.

1975. 소설 『저편으로의 여행』 출간.

1978. 소설집 『몽도와 그 밖의 이야기들』 출간.
에세이집 『지상의 미지인』 출간.

1980. 소설 『사막』 출간, 아카데미 프랑세즈가 수여하는 폴 모랑 문학 대상 수상.
에세이집 『성스러운 세 도시』 출간.

1981. 에세이집 『아메리칸 인디언의 문화』 출간.

1982. 소설집 『배회, 그리고 또 다른 사건들』 출간.

1983. 펠피냥대학에서 멕시코 문명사로 박사학위 취득.

1985. 소설 『금을 찾는 사람들』 출간.

1986. 소설 『로드리게스 여행』 출간.

1988. 에세이집 『멕시코의 꿈과 중단된 사유』 출간.

1989. 소설집 『봄, 그리고 매혹의 계절들』 출간.

1991. 소설 『오니샤』 출간.

1992. 소설 『떠도는 별』 출간. 『고래』 출간.

1993. 에세이집 『디에고와 프리다』 출간.

1994. 『리르』 지에서 살아 있는 가장 위대한 프랑스어권 작가로 선정됨.

1995. 소설 『검역』 출간.

1996. 소설 『황금 물고기』 출간.

1997. 에세이집 『노래가 넘치는 축제』 출간.
      아내 제미아와 함께 한 여행기 『하늘빛 사람들』 출간.
      장 지오노상 수상.

1998. 모나코 왕자상 수상.

1999. 소설집 『우연』 출간.

2000. 소설집 『타오르는 마음』 출간.

2001. 대산문화재단과 주한 프랑스대사관이 주최한 한불작가교류 행
      사로 한국 방문.

2003. 자전적 소설 『혁명』 출간.

2004. 자전적 소설 『아프리카인』 출간.

2005. 대산문화재단과 한국문화예술위원회 주최 제2회 서울국제문학
      포럼 참석.

2006. 소설 『우라니아』 출간.

에세이집 『라가, 보이지 않는 대륙으로의 접근』 출간.

2007. 에세이집 『발라시네』 출간.

2007-2008. 이화여대 불문과 통역대학원에서 석좌교수로 강의.

2008. 소설 『허기의 간주곡』 출간.

스티크 다게르만상 수상.

노벨문학상 수상.

2009. GEO 창간 30주년 기념 특별호에 제주 기행문 기고.

2011. 대산문화재단과 한국문화예술위원회 주최 제3회 서울국제문학
포럼 참석.

소설집 『발 이야기 그리고 또다른 상상』 출간.

2014. 소설집 『폭풍우』 출간.

2017. 대산문화재단과 한국문화예술위원회 주최 제4회 서울국제문학
포럼 참석.

소설 『알마』 출간.

빛나 – 서울 하늘 아래

1판1쇄 발행 2017년 12월 11일

지 은 이	J. M. G. 르 클레지오
옮 긴 이	송기정
펴 낸 이	김형근
펴 낸 곳	서울셀렉션㈜
편 집	김유진, 진선희
디 자 인	정현영
일러스트	이누리

등 록	2003년 1월 28일(제1-3169호)
주 소	서울시 종로구 삼청로 6 출판문화회관 지하 1층 (우110-190)
편 집 부	전화 02-734-9567 팩스 02-734-9562
영 업 부	전화 02-734-9565 팩스 02-734-9563
홈페이지	www.seoulselection.com

ISBN   978-89-97639-84-7 03860

KOMCA 승인필

책 값은 뒷표지에 있습니다.
잘못된 책은 구입하신 서점에서 바꾸어 드립니다.